白い手袋の記憶

HarUmi
SetouChi

瀬戸内晴美

P+D BOOKS
小学館

目次

女子大生・曲愛玲《チユイアイリン》

ノックなしで、「アヤコさん」と呼ぶさし迫つた早口を、山村みねの声だと聞き、いそいでドアをあけた。私は息をのんだ。

みねの腕の中に、曲愛玲《チユイアイリン》が青ざめて目を閉じ、ぐつたり気を失つたように、倒れかかつていた。いつもは靴の先で、乱暴にドアを蹴りたて、二人の訪れを知らせる陽気な愛玲なのだ。

「どうかなすつて？　曲さん」

「ベッド貸してね、貧血なのよ」

山村みねの目が、ひどく真剣に、まばたきひとつせず、愛玲の頭ごしに私の顔をみつめてきた。この人の目は緊張すると、どうしてこんなに四角くみえるのかしら、やっぱり整形手術のせいかもしれない。そんな不しつけな想いが、ふつと私をとらえたのに、ひどくあわて、私はどぎまぎ、手を貸そうという身ぶりにでた。

「いいの」

山村みねは、抗いがたい威厳のある一声で私を拒み、勝手知つた私たちの寝室の方へ、まつすぐすすんでゆく。

みねの腕の中で、愛玲はひびの入つた壺のように頼りなくかたむき、おぼつかなげに足元を乱した。

みねはそんな愛玲を、それ以上やさしくは扱えまいというふうな心をこめたやり方で、そうつとベッドに寝かせた。愛玲の皮膚のように、身を締めつけた支那服の首や胸を手早くゆるめ、ま新しい茶革の靴をぬがせると、まめまめしく枕を足の下にあてがつた。そうしながら、絶えず、あやすように、訴えるように、聞きとりにくい低い支那語を囁きつづけている。愛玲はものうそうに、細い眉をよせたり、わずかに首をふるばかりであつた。

やがて、自分もベッドの裾に腰をおろすと、みねは、どんなかすかな表情もみのがすまいとするふうに、愛玲の顔にじいつと目をそそぎ、毛布の外になげだした愛玲の白い掌をとつて、自分の大きな両の掌の中に、いとしそうにはさみこんだ。

北京でただ一人の、女教授の肩書をもつ三十ミスの女丈夫には、およそ似つかわしくない献身と愛にあふれた、やさしげなふるまいであつた。

私はわけもなく頬があつくなり、足音をしのばせてその場をはなれた。

「眠つたわ」

まもなく山村みねは寝室から現われると、安楽椅子に沈みこむように身を埋めた。両のこめかみを、目立つて長い指でもみはじめたみねの顔が、急にふけてみえた。

「今、堕ろしてきたばかりなの」

べつだん低めた声でもなく、みねがものうそうにその言葉をはきだした時、私は反射的にベッドの方へ首をのばした。しかし、愛玲には、こんな日本語は通じない筈だつた。

「愛玲はね、私に内緒で、支那人の変な医者にかかつて大変だつたの。出血がひどくつて、死ぬんじゃないかと、昨夜からあたし、一睡もしてないわ。日本人の医者にやり直してもらってきたところなのよ。洋車《ヤンチョ》の上で貧血をおこしたから、よらせてもらったの」

返事のしようがなく、私はみねが器用にライターの火を点けるタバコの先をみつめていた。

曲愛玲は、私より一つ下の二十一歳で、まだS大の学生であり、山村みねの教え子であった。みねと愛玲が、西単《シータン》のみねの家に、阿媽《アマ》を一人つかって同棲していることは、夫の建作に連れられて訪問したこともあって承知していたけれど、愛玲に子を宿らせるような、男の恋人のいることは初耳であった。

結婚して北京へ渡り、まだ半年あまりしかたたぬ私にとって、山村みねの率直すぎることばの内容は、ひどく刺戟が強い。

「曲は仕様のない不良ですよ」

みねの声が、突然、興奮にぶるぶる震えてきたので、私はおもわず、急須をとり落しそうになった。

けれども、みねは私をみていたわけではなかった。テーブルの向うにあてもなく視線をさまよわせたまま、ほとんど、放心のさまで、なかば独り言をいっていたのだ。

「淫蕩な女なのよ。毎晩何もしないでは眠れない女……」

私は驚愕して、山村みねの顔をうかがった。

広すぎる額、高い鼻、そぎとったような引きしまった両の頰、一文字の薄い唇――女らしさに乏しいみねの顔の、そこだけ際だつてコケティッシュな、手術で二重にした人工の瞳に、涙がみるみるもり上り、今にもあふれ落ちそうになつていた。

「愛玲はね、あたしを苦しめているという自覚なしでは、生きていられないんだわ……そうとしか……そうとしか……」

みねは首すじでぷつつりと剪《き》りそろえた頭をかかえこみ、テーブルにうつぶしていつた。しんとなつた部屋の中に、ベッドの方から、おだやかな愛玲の寝息が、羽毛のそよぎのように、やわらかく、かすかに、もれてきた。

私はこれまで、二人をひとりずつではみたことがなかつた。

いつの場合にも、みねのいる所には、影のように愛玲がよりそつていた。

全身が骨ばつて、筋肉質の男のように引きしまつたみねと並ぶと、愛玲のふつくらと肉づいたからだの曲線がめだつた。顔も胸も腰も手足も、女らしさにぬめぬめと、白い脂肪が光つている感じであつた。

茶色つぽい長い髪が、肩いつぱいに波うつていた。一重瞼のはれぼつたい細く切れた目が、いつも濡れているようで、肉の厚い唇が始終ゆるく開かれているのが、曲愛玲をすきだらけの女にみせた。たいそう赤い舌の先で、ちろちろと下唇をなめまわす癖がめだつた。

贅沢ずきの山村みねが、リスの毛皮を着れば、曲愛玲はアストラカンを、みねがオメガの時計をつければ、愛玲は白金台の翡翠の指輪をというふうに、すべてが同格に扱われていた。もちろん、それらの支出は、すべてみねの懐からでている。山村みねはS大教授の収入のほかに、亡父の遺産の株の配当で、すでに内地ではのぞみがたくなつていた贅沢のかぎりを、北京でつくしていた。

人並以上に大柄なふたりの女が、豪華な身なりでよりそつて歩いているのをみれば、曲愛玲がまだS大の一学生にすぎないなど、誰一人気づきそうもなかつた。

私にしても、愛玲がみねに見出される以前は、S大でも授業料滞納組で、やせて蒼白く、一向にめだたない学生だつたと、建作に聞かされても、そんな愛玲を想像することも出来ないのであつた。

その夜、帰宅した建作は、愛玲とみねの来訪のてんまつを私から聞きとると、にやにや笑いをもらしながら、

「曲は相かわらず、こりないとみえるね。これで二度めなんだよ」

と、ふたたび私を驚かせた。

「だつて、曲さんは、山村さんと……」

そのことを聞かせたのも建作であつた筈だ。

「そりや、そうさ。でも、愛玲は、先天的に淫蕩な女じやないのかな。あのふたりだつてね、

今じゃ器具を使わないと愛玲が承知しないそうだよ」
「そんなこと」
「山村さんが、泣いてこぼしてた」
「いやだわ！　そんなことあなたにいうの」
「どうせ、つづきつこない仲さ。愛玲は男をそそるものがありすぎるよ。俺だつて愛玲と二人でおかれたら自信ないね」

それから数日の後、東長安街で、私は曲愛玲に偶然行きあつた。

藍木綿の支那服を着た学生らしい若い男女が数人、小鳥のさえずりのように聞える早口の北京語で、傍若無人にしやべりながら歩いてくる。女は藍木綿の下に、縞や花模様の思い思いのもう一枚の支那服を重ね着し、スリットから、その派手な色彩をちらつかせている。男は衿をわざと折りかえし、真白に洗いあげた下着のハイネックを、ワイシャツのカラーのようにのぞかせている。それが北京の大学生の間で、共通のおしやれとして流行つている風俗であつた。彼等のどの顔も、若さに輝き、被占領下の学生という宿命の暗さなどみじんもとどめてはいない。

通行人が、足をとめてみかえるほど、あたりかまわず、すきとおつた高い笑い声をまきちらしてくる一行の中に、私は曲愛玲の姿をみとめたのだ。

今日の愛玲は、長い髪をおさげに編みおろし、化粧つ気がなく、あの手術の後のせいか、琥珀色の頬がすつきりと輝き、藍木綿のブルウが、どの色よりも似合いそうなすがすがしさだつた。

みちがえるような愛玲の清潔な姿に、私は思わず足をとめた。

愛玲の目が、その時、明らかに私の顔の上にとまつた。まあ、もうそんなに元気になつたの、といいたい想いで、私が笑いかけようとした瞬間、愛玲はつつと、目をそらせ、前よりももつと、高い声で、となりの背の高い男の学生に話しかけ、身をよじるようにして甲高い笑い声をあげた。

他の学生たちは、通りすがりの日本人の女などに無関心で、誰一人、曲愛玲と私の間の、一瞬の出逢いに気づいた者はなかつた。

私はひどく、心を傷つけられ、顔色の変るのを意識しながら、一刻も早くその場から遠ざかろうとした。

曲愛玲が、白昼の大道で、全く私を無視したという事実が、意外であり、その冷淡さが、一歩一歩と、愛玲との距離が遠ざかるにつれ、私の中に深さをましてくる。

しかも、彼等は、山村みねや、私の夫の学生たちではなかつたか。

私の胸にうずまくどす黒い屈辱に追討ちをかけるように、はるかな後方から、愛玲たち一行の笑い声が、またどつと、ばか陽気にたちかえつてきた。

その夜ふけであつた。

私たちのドアを叩く者があつた。靴先で三度ずつ、調子をとつて蹴る行儀の悪いノックのしかたは、曲愛玲のほかにはなかつた。

顔色をかえ、私は立ち上つた。昼間の出来事は、何となく夫にも話しそびれていた。

ドアの外には、やはり山村みねが、愛玲の肩を抱くようなかたちでよりそい、にこやかに立つていた。

「コンバンワ、オクサアン」

愛玲はけろりとした顔で、下手な日本語をつかいながら、もう部屋の中に入つていた。目のさめるような瑠璃色に光る絹の支那服が、燈の下でつややかにきらめいた。イヴニングのように足首までつつんだ裾長の支那服は、愛玲が動く度、微妙なからだの線を、はつとするほどあらわに描きだす。

「この間はどうも——今夜はお礼参上よ」

私の好きな栄華斉の点心をさしだす山村みねの、笑顔の目のふちは、どす黒く隈をつくつて、頬が白つぽくかわいていた。

愛玲は、いつのまにか建作の椅子の前のテーブルに、刺繍のついたきやしやな支那靴の片脚をのせていた。膝まで切れた支那服のスリットから、下着に飾りつけた幅広の豪華な絹レースをつまみあげ、レースの値段の自慢など話している。

商売女のように、計算しつくされた際どいポーズ、少女のようなあどけない表情、声まで、京劇の女形のような裏声めいた甘つたれた発声をしていた。

そそるものがある——といつた建作のことばを思いうかべながら、私は怒りもわすれて、愛玲の完璧な演技に目をみはつていた。

山村みねまでが、ついこの間、この部屋で、涙をこぼし、頭をかきむしつてもだえたことなど、信じがたい尊大さで、愛玲と建作の、かけあい漫才のような冗談のとばしあいに、優雅な微笑をむけている。

支那語を使う時の建作は、操り人形が、人形師の手に動かされる時のように、急に、目や顔の表情と、からだのジェスチュアが大きくなり、いきいきとみえてくるのが普通であつた。けれども、今夜のように、ばか陽気にはしやぐことは珍しいのではないか。私は誰からも、とりのこされ、裏切られたような気持で、いつのまにか、他人をみる目附で夫をながめているようだつた。

「曲さんの相手の人つて学生だつたの?」

その夜、ベッドの中で私は建作に話しかけていた。

「ちがうよ。山村女史の麻雀友達の、妻子のある金持さ」

いいながら、建作は、話を打ちきろうという調子で、私をもとめてきた。

建作の行為の中に、いつにない激しい高ぶりがあるのを、私は軀で感じとつた。曲愛玲との時間が、建作の血の中にもたらした興奮の名ごりなのかと、白けていく心で目をとじていつた。

建作の寝息が聞えはじめても、私は変に頭が冴えて寝つかれそうもなかつた。

東長安街で逢つた時の、素顔の愛玲の冷い目つきと、今夜のコケティッシュな愛玲の甘い声の上に、ふと、二ケ月ばかり前の、ある日の愛玲とみねの記憶が重なりあつてくる。

いつものように、何の前ぶれもなく、ふらりと訪れたみねと愛玲が、顔をみるなり、

「お風呂くれない？」

とねだつた。

西単のふたりの住いには風呂がなく、よく支那風呂に入りにいくらしかつたが、その日に限りめあてにしてきた東単の風呂が休みだというのだつた。

建作の独身時代から住みついている私達の飯店《ファンテン》は、飯店とは名ばかりで、家具附二部屋のアパートにすぎないのだけれど、バスルームだけは洋式で、各室についていた。

「どうぞ……いつでも……」

建作は留守であつたし、女同士の気やすさから、私もすぐバスの用意にたちあがるのを、いいのよ、しつているからと、みねはさつさとバスルームに入り、湯の音をたてはじめた。

あとにもさきにも、私はその時ほどに長い女の湯浴みをみたことはなかつた。

バスの中のふたりに留守を頼んで、買物に出かけ、半時間あまりたつて帰つてきても、まだ、湯けむりのしたバスルームのドアはしめきつたままであつた。ひつそりと静まりかえり、居な

いのかと耳をすますと、時々思いだしたように湯の音がした。

湯音のとだえた後は、バスルームはふたたび静まりかえり、何の気はいも感じられない。

それから、夕餉《ゆうげ》の支度で、何十分かたつたころ、かすかな、絶えいるような、ため息とも、泣き声とも聞きわけにくい細い声が、バスルームから漏れた。

「アヤコさん、いる?」

みねの上ずつた声がとんできた。

「ええ」

「ちよつと、手をかして!」

バスルームのドアが内がわから押しあけられると、もうつとこもつた湯気が、白煙の束のように部屋の外にあふれでてきた。

タオルを巻きつけただけのみねが、これもタオルで掩《おお》つた愛玲の裸身を、軽々と胸にだきあげてあらわれた。

手も足もだらりと垂らし、白い首をそりかえらせて、髪を床の方になびかせている愛玲の裸身は、それが見る目もあざやかなピンク色に変つていなければ、水死人のようにみえたであろう。

気のてんとうした私は、ベッドまで、どうやつて、愛玲を運び入れたかおぼえていない。

「お酒ない? ブランデイか、ウイスキイ」

下戸の建作に、酒類の常備などあるわけがなかつた。

「しようがないわね。じや、コーヒー、うんと濃くして！　それからシッカロールあつたら出してちようだい」

コーヒーがわく頃、愛玲はもうすつかり正気をとりもどしていた。愛玲のピンク色のからだにもベッドのシーツにも、シッカロールの匂がたちまよつていた。マッサージをつづけていたらしいみねの額に、汗とシッカロールでこすりつけた白い跡が、横なぐりにのこつていた。

半時間ほど後、二人の女は、大柄なからだを支えあうようにして、屈託なげに出ていつた。

建作よりわずか一つ年上の山村みねが、建作より三年も早く、外務省留学生に選ばれて渡燕していた。そのまま、北京に居のこり、女でただ一人の教授として、学生たちからも信望を集めているのを、私は尊敬の念でながめていた。

内地の名のとおつた総合雑誌に、「北京における女の教育の方向について」などという、堂々とした論旨をのせているのをみたことも一度や二度ではなかつた。北京の日本大使館や新民会から、顧問のような形で、建作などより、ずつと厚遇されているのを、見聞きしていた。

それほど有能な山村みねともあろう者が、まるで小娘の愛玲に、奴隷のようにかしずいている……貧しかつた愛玲を、阿媽代りに使つてやつてでも大学を卒業させようと、引きとつたのだとの話を、私はその日以来、皮肉な気持なしで想い出すことができなかつた。

みねにしろ建作にしろ、曲愛玲の仮面のいくつかにあざむかれ、まだその素顔をうかがいみたことはないのではないか。私がみたと思つた長安大街での愛玲の顔も、一人が十は持つているという北京人の仮面の一つをみせられたにすぎないのかもしれなかつた。

愛玲にそそのかされ、唯唯諾諾と二重瞼の手術をした女教授の心情に、私は軽い軽蔑とあわれみを感じはじめるようになつた。

気がつくと、三ケ月ばかり、山村みねと曲愛玲の訪れがとだえていた。

北京の街は、連日猛々しい夏の太陽に炒りつけられ、乾ききつていた。

そんなある日、配給物をとりに出かけた私は、三条胡同が崇文門大街へさしかかる入口のあたりで、黒山の人だかりに道をさえぎられた。北京の街頭では珍しいことではなく、たいてい人垣の輪の中では、洋車夫と客とか、紳士と商人風の男とかが、唾をとばして口論をしているか、華々しい摑みあいを演じていた。静かな屋敷町の胡同の入口などでは、正妻と妾の火花をちらす活劇など、常住みなれた北京名物の一つになつている。

私は彌次馬たちの後をまわり、通りぬけようとして、思わず足をすくませてしまつた。

「ひいーつ！」

鋭い悲鳴をあげ、私の目の前の人垣の一角へ、からだごとぶつつけて転がつてきたのが、曲愛玲だつたのだ。

彌次馬は面白そうに、とりまいた輪を一まわりゆるめただけで、誰も悲鳴をあげて地上にぶつ倒れた若い女に手をかすものはない。闘鶏でもみているような、興味ののつた顔つきでいる。

まるい人垣の中では、炎天に焼かれてわきたつたアスファルトの上に、女乗りのきやしやな自転車が、ころがつていた。ハンドルが飴細工のようにねじ曲げられている。

両手で顔をふせぎながら、必死に逃げまどう曲愛玲の、派手な黄色地のプリントの服は、脇どめの紐むすびが、ことごとくひきちぎられていた。腰まで白いスリップが、むきだしにされている。どんな格闘がつづいた後なのか、衿元から腹までひきさかれた支那服の下に、スリップの肩紐もちぎれてとび、まるい乳房が、ぷりつと、とびでている。

腕と頬に、ひつかき傷のような血がにじみ、汗と涙で、べと〳〵の片頬は泥にまみれて、みるもむごたらしい姿だつた。

愛玲をそんな目にあわせている青年は、白麻の折目正しいズボンに、白ワイシャツをかがやかせた長身の青年であつた。油で光る髪を、白すぎる額に乱れさせ、はあはあ、あえぎながら、瞋恚《しんい》の目をぎらつかせ、愛玲のすきをねらつていた。

ぞつとするほど整つた蒼白な美青年の、その顔に、私は見覚えがあつた。

何ケ月か前、建作と王府井《ワンフーチン》を歩いている時、向うから近づいて、鄭重《けう》に挨拶をして行きすぎた背広姿の青年であつた。整いすぎて、能面のような感じをうける稀有な美貌に、私はまちかねて建作に名を聞いたものだ。

「陳という男で、あれでもうちの大学の学生だよ。もつとも、ほとんど学校にはでず、年中、ブローカーみたいなことをして歩きまわつているらしいがね」

陳青年と愛玲が、こうした仲だとは聞いたこともなかつたが、愛玲の白昼の災難をみすてて立ちさることも出来ない。

陳が歯ぎしりしながら、黒山の人々に、説明するように、声高にののしる支那語は、私には聞きとれないが、売女！　とでも口ばしつているらしいのは、彌次馬たちの表情でも察せられた。

逃げようとして、膝をつきながら、愛玲はどこを打つたのか、よろめいて立ち上れない。

「曲少姐《チユイシヤオジエ》」

私は夢中で人垣をかいくぐり、声をかけてしまつた。愛玲はびくつと、顔をあげ、すばやく私の顔をみつけると、あつと、目をみはる鮮かさで、立ち上り、目の前の人をしやにむに押しのけ私の腕を摑んだ。

「洋車！」

愛玲の一声に、私は電気をかけられたように、洋車をまねき、愛玲を押し上げると、自分もとびのつていた。あつけにとられている彌次馬の垣の中で、陳がまだ、大声にわめきながら、地団駄ふんでいたが、追いかけてくるけはいもなかつた。

珍しく山村みねが、一人で訪ねてきた。

曲愛玲と陳青年の、街頭の一幕があつてから一週間ばかりたつていた。

派手なサングラスをはずすと、山村みねの顔には、憔悴のあとがいちじるしかつた。

「曲はどう？　ひつかき傷はなおつたの？」

建作が、からかうように問いかけるのに、みねは生真面目な表情のまま、

「もう、あの子は、あたしの手におえないわ」

とつぶやいた。

「今朝、陳が、花束やら、果物籠やら、ばかみたいに洋車につみこんで見舞に来たら、けろつとして、迎えているの。阿媽もいれて麻雀しようといいだすじやないの。あんまりばかばかしいから、大げんかして飛びだしてきたのよ」

「何の真似だつたんだい？　それじや、あの大立ち廻りは」

「ふん……愛玲の云い分はね、陳は、あんないい軀のくせして、インポテンツだつていうのよ。焼餅なんか焼く資格が全然ないつていうの。そのくせ、この春あたりから、しきりに、陳と遊び歩いてるし、アヤコさん、みたでしよう？　この前つけてたプラチナの指輪も、女乗りの自転車も、陳に買わせたものなのよ」

愛玲は先天的に娼婦なのだと、山村みねは重いため息をもらした。

「そろ〳〵別れる潮時じやないのかい？　きみも」

みねと愛玲に向つては、わざと、冗談と彌次ばかりとばしたがる日ごろの建作にしては、珍しく生真面目なことばのひびきがこもつていた。

「そうねえ……あたし、このごろ、ふつと思うことがあるのよ。あたしたち、結構、あの小娘

のかけた罠にひつかかつてるのじゃないかしらつて……」

「疲れてるんだね。この休暇、内地へ帰ればよかつたんだよ」

「食べる物もろくにないっていうじゃないの。今の内地の耐乏生活なんてまつぴらよ。北京が滅びたら、あたしも共に滅びるまでだわ」

「悲壮だね。暑さのせいで神経衰弱なんだよ。それよりきみも、結婚でも考えるんだね」

何さ！　その思い上つた口調。

とつぜん、山村みねが席を蹴たてるような勢いで立ち上つた。怒りが、どす黒く面上にこもり人工の目が、際立つて、四角に、いきりたつていた。

建作の顔には、照れかくしとも、媚びともとれる、あいまいな微笑が歪んだ。

「あたしはね、これでもね、あんたみたいな卑劣な精神で、支那の学生を喰い物にしてるんじゃないんですからね。知らないと思つたら大間違いだよ。あんたが、大使館に、学生を何人売つたか、あたしが知らないと思つてるの？　あたしはね、これでも支那の学生への愛のために、あたしの青春を賭けたんだから——」

建作の面上に、笑いがこわばつた。

「ばかつ！　色きちがい！　出ていけ！」

「もう来ませんとも！」

「学生への愛が聞いてあきれらあ。曲の色じかけにひつかかつて堕落しただけじゃないか！」

建作の罵声は、みねが力まかせに、後手にしめたドアの音にかきけされた。

茫然と壁によりかかつている私の方へ、まつすぐ建作が進んで来た。私の顎に手をかけると、建作は照れかくしのように笑顔をつくつた。

「あんな女と、うつかり結婚しないで助かつたよ。危いときに曲が飛び出してきてくれたものさ」

はじめてのぞいた建作と、みねの過去であつた。引きよせようとする建作の手に、私はいきなり、身ぶるいしながら噛みついていた。

それから一週間もたたないうちに、私たちは寝耳に水の、建作の現地召集令状を受取つた。仕事が仕事なので、安心しきつていた為、何の心がまえも準備も持たず、五日しかない出発の日までを、ただ支度に忙殺された。

その忙しさの中に、曲愛玲が、陳青年と相たずさえ、延安に走つたというニュースが、建作の応召以上に、私たちを驚かせた。

「曲少姐は、どこか普通の人とちがつていましたもの」

そのニュースを伝えた色の黒い女子大生は、もうすでに、曲愛玲の追憶を、英雄視して塗りかえていた。

建作の見送りの客の中に、親しかつた山村みねの姿のないことを、いぶかしがる友人もあつた。みねはついに現われなかつた。

建作が征《い》つて、一ケ月目に、終戦になつた。

北京の碧空には、連日、戦勝の祝賀の爆竹が鳴りはためき、凱旋アーチの華やかな大街には重慶軍の、若々しい誇りにみちた顔が、力強い靴音を響かせていた。

青天白日旗は、空にも屋根にも道路にもあふれ、小便臭い胡同の片すみの、屋台店の車にもはためいていた。

そんな屋台車の一つに、私はある日、山村みねの、肩のいかつた背の高い後姿をみかけた。見おぼえのあるグレイのウールの支那服を着たみねは、一ふくろの焼餅《シヤオビン》を買うと、それを長い指先につまんで、ふらふらとぶらさげながら、歩きだした。

広い道路をへだてて見ている私に、みねは顔をむけながら気がつかなかつた。二人の間の道いつぱいにカーキ色の軍服があふれ、勇ましい軍靴の響と軍楽隊が、凱旋軍の行進をかなでていつた。

時をつくる雌鶏

一

志津子と葉子が、二十九才と二十八才の処女性を大切そうに抱きしめているのが、ユキには内心くすぐったい。志津子のくどすぎる化粧の顔や、葉子の、脂が一面に浮きでたような顔をみると、処女のすがすがしさはなく、腥《なま》ぐさい老嬢《オールドミス》の不潔な感じの方が、むっと、きてしまうのだ。

「とにかく、あんたたち一度ちょいとお嫁にいってくればいいのよ。すぐ飛び出してきたって、嫁《い》かないより後がさっぱりするものだわ」

ユキのそんな暴言は、毎度のことなので、志津子も葉子もにやにや、聞き流すだけだった。その声に八分はこめているユキの本気には気がつかない。

嫁けば嫁けた縁談のいくつかを、ふりきってきたのだという自負で、ふたりはじぶんのことを、世に謂《い》う売れのこりの三十ミスだとは、さらさら思っていないので、強気であった。

ユキ自身は、二十一で結婚し、二十二にはもう母になっている。子どもが四つの時に年下の若い男と小娘のような恋愛沙汰をおこしている。

どんな男だったときかれると、かるい斜視の目をそばめて。

「そうね、たしか色が白くて、ロイドめがねかけてたわ。でももう、顔もわすれちゃった」

といいながら、わかれた夫もそうだし、その後の何人かの男の中にも、色が白くて、めがねをかけた男がいたと、ひとりふきだしてしまうしまつであつた。

そんなユキが、二言めには、

「もう年だからね」

などといつても、よそ目には、結構三十三才という年令を愉しんでいるふうだつた。独身になつてから、デザイナーとしての腕を身につけていた。

ユキもさすがに、亮子にだけは結婚をすすめない。四人のなかまの中で、亮子ひとりは『異質の体質』だと、はじめから限定されていたからだ。

四人のうちでは、一とうまともな美貌の亮子が、一とう化粧気がなく、つるりとした蒼白な素顔に、男刈、男装でとおしていた。道を歩くと、

「へつ、何だい？　メンか？」

と、すれちがいざま、囁かれるほど、男然とした男装であつた。そんな時、亮子はくるつと、男たちの方に顔をむけ、

「マンだよ」

と、やりかえす。

薄暗い町角で、夜の女に腕をとられたというのが、一つ話になつていた。ビヤホールにもスタンドバーにも出かけていく。どこででも何となくめだち、人からふりかえられ、じろじろ視線をうけた。

男のものでもない、女のものでもない、奇妙な雰囲気が亮子をつつんでいた。ユキには四ケ月おくれた三十二才だ。

そんな亮子が、カトレアの図案の商標で有名な、銀座のR高級化粧品会社の、宣伝部に勤めている。しかも、紙質の好さと、編集のシックさでしられている、宣伝誌「カトレア」の編集は、ほとんど亮子ひとりがやつているようなものであつた。

「ああいう雑誌はね、女くさい女でも、男くさい男でも、女くさい男でもだめなんだよ。適度にM的要素のある女がドンピシャなんだつて。環女史の慧眼だな」

何百人という競争者の中から、ただ一人、宣伝部長の環女史のめがねに適い、採用された時の話を亮子から聞かされていた。

環女史ともあやしいんじやないかと、志津子がにやにやかまをかけると、

「バカ、タマ公には燕がいるさ」

事実、パリで物故したアブストラクトの著名な画伯の未亡人で、美人の女史の身辺は、年中派手なゴシップでつつまれていた。

「だつて、フランスじこみだもの、そのけが全然ないこともないんだろ?」

志津子がまだくいさがる。

「亮子、だいたい脂肪ぶとりのオバちやんつて、趣味にあわないんだ」

「ホラ、語るにおちた、くどかれたんだ」

志津子の持前のきんきん声が更にオクターブをあげた。

亮子は八年間も同棲していた女が、一年前故郷に帰つていき、今は一人だつた。

そんな話がはじまると、葉子はひとり、つんととりすまして口もきかない。大柄なくせに、ひどくこせこせした動作で、むつつりしたまま、みんなの湯呑みをみたしてまわつている。

「あたしはコンプレックスのお化けだわ」

ためいきまじりにそれをいうのが、葉子のちかごろの口ぐせだが、四人の中で一番ナルシズムの強いのは葉子であつた。

五尺四寸の堂々とした体も自慢だし、そのわりに手足の細いのも得意だし、顔だつて美人とは云えないまでもチャーミングだと信じていた。じぶんの顔にこよなく惚れこんでいるのだつた。

葉子がユキの勤めている洋装店の店にくると、必ず等身大の姿見の前へ椅子をひいていつて坐つた。ユキの部屋では、自然に鏡台に顔が映るタンスを背にした場所に坐るのをユキはみぬいていて笑つた。

「きみの顔は、どうかすると、中宮寺の彌勒《みろく》に似ていますね」

という中年の男があつた時には、あやうく結婚しかねまじき勢いで、一気にのぼせ上つてしまつた。日に二通もラブレターを書いた。

そのくせ男が、キスしようとすると、十五貫五尺四寸の体力に物いわせ、むきになつて抗つた。相手は優等生の女学生とのままごとのような恋愛遊戯にヘキエキして逃げだしてしまつた。

葉子はいくつになつても童女型の顔をして動作にもしやき〳〵少女めいたものがのこつている。

その後も中年の男や、若い学生からラブレターが何度かとどいたりしたが、一向になまめいた発展はせず、どれもみな、ふわふわつと、消えてしまうようであつた。

どことなく、しつとりしたものに欠けている葉子の性格にもよるものらしい。

今でも、葉子のせまいアパートの壁には、中宮寺の彌勒の写真がぺつたりとはりつけられて、たつた一度葉子の方で燃えた恋のなごりをとどめている。男のことはけろりと忘れたらしいが、男のあの一言だけは、まだ葉子の胸に、金の鋲でとめられているのだろう。

その彌勒の横顔にみおろされ、四人の女は週に一度、葉子の部屋に集つた。

アルバイトの女子大生から、フランス語を習いはじめたのだ。

二

約束の時間を絶対に守つたためしがないのが志津子だつた。

ランデブーには相手を適度にじらすほど、遅れていくのが粋なのだときめてかかつている田舎シックのセンスが、習い性となつたのか、どんな会合にも遅れてしまうくせをつけた。

「待つことないわよ。お志津なんか。どうせまた、社の帰りに誰かとランデブーしてるんだろうから」

六畳の部屋の半分以上をしめるベッドの、真中で、一番いい席を占領しているユキがいう。長い髪をポニーテールに吊りあげた、色の黒い女子大生が、手ほどきめいたレッスンをはじめて、十分もたつと、アパートのコンクリーの廊下に、こつこつと落つきかえつた志津子のハイヒールの音がひびいてくる。

広い頬に頬紅の濃い厚化粧の顔から、ぬつと入つてくると、おくれたのが当然のようににやしながら、ユキの横のベッドにはい上るのだ。

内裏《だいり》さまのようにベッドの上に並んだユキと志津子の正面に、丸いサイドテーブルをへだて女子大生が坐り、その右に、窓におしつけた机にむかつて亮子がいる。入口に近い通路をふさぐように、大柄な葉子が席をしめる。

ベッドと、机と、サイドテーブルと、三つの椅子と、ベッドの裾の食器棚で、せまい部屋はほとんど埋つていた。

その上、身動きもならない感じで女が五人つめこまれているので、たちまち部屋は、女の体臭と香料と、煙草の煙りでもうもうとけむつてしまうのだ。

「女くさいなあ、ハッパ、窓をあけろよ！」

一番窓に近くいるくせに、亮子が眉をしかめていうと、葉子は女二人の背をまわり、ベッドをふんで窓をあけにいく。十五貫の葉子にふまれて、ベッドがぎしぎしきしみをあげ、ユキと志津子はあふりをくつて肩をぶつつけあつてしまう。

それでも、ユキも志津子も、葉子に手をかすため腰をあげようとはしなかった。この部屋で、くるくるたちまわるのは、大きな葉子だけだ。他の三人は、こけしのようにたてのものを横にもしたがらない。

葉子はからだつきからうける感じとはおよそ反対に、ひどく疳性で、ちよっとした茶のこぼれでも、葉子のかけらのちらばりでも、せわしなくかたつぱしから、ふきとろうとする。小さな灰皿の吸殻など、一時間に三四度も、紙を出しては、くるっと中味をひっくりかえし、きゆつきゆつと、ふき清める。

せわしないそんな動作が、やせているくせにルーズで、何事によらず規格にはめられるのが肉体的に苦痛なユキには、神経にこたえてたまらなかった。

「ハッパの潔癖はね、オールド・ミスの潜在性ヒステリーの発作じゃない？」

など、云わでものにくまれ口もたたいてしまうのだ。

ユキはおしやれで、外出の時などひどくめかすくせに、自分の部屋は足のふみいれ場もないくらい乱雑なことが多い。

フランス語も、ユキがお得意先の奥さんに頼まれていた女子大生のアルバイトとして、半強制的に三人を誘って始めたくせに、一番不勉強でなおざりだった。ユキの次に志津がいいかげんでアテネフランセに通ったこともある亮子は、このていどの手ほどきはつまらない筈なのに、小型ラルースなど片手に真面目であった。葉子はこんな時にもずばぬけてきちようめんだ。ワラ半紙に、こわいほどとがらした鉛筆でせつせとノートをとり、ごていねいにそれを次のレッスンまでには清書していた。そんな時の葉子をユキは軽蔑しながら、稚純《ちじゅん》にひきしまつた表情が好きだつた。

三

葉子と亮子がそういう関係になつたらしいと志津子から聞かされた時、ユキはめずらしく真剣な目の色をして、たしかな話かと息をつめた。

「あなたが二週間つづけてレッスンさぼつてる間に、もう亮子、ずうつとハッパの部屋に泊りこみで居つづけよ。昨日いつたらすつかり夫婦きどりよ」

「亮子とハッパがねえ——なるほどねえ」

あとは、ころころと、さも愉しそうな笑い声をたて、もういつものユキの表情だつた。

夫婦湯呑を買つてきて並べているとか、青と赤の新しいスリッパが二足、まるで新婚の部屋のようだとか、亮子のズボンがズボンばさみにぶらさがつて壁にかかつていたとか、志津子の話にさりげない顔つきで一々うなづきながら、ユキの本心は胸の奥のささくれをじりじりひきはがされるようなうずきにじつと耐えていた。

「お志津さんの方はどうなのよ、れいの件」

ユキは話題をそらせるのが目的で訊いた。志津子は親たちに内密で二年あまり深く交際している同郷の恋人があつたが、最近、知人のすすめる見合をしようと恋人に秘密でたくらんでいた。その恋人と何度となく泊りながら、絶対許さないのだという志津子を、ユキは呆れはてた口調でなじる。

「言語にぜつしたバカだねえ、あんたつたら、何のためにそうなのよ。ナンセンスなだけじゃないの」

「だつて、結婚の時、処女でなくちゃあ」

ユキはふきだした。

「亭主になる男に悪いつていうの？　条件が損になるつていうの、あきれた。それでも自分のこと処女だと思つてるの？」

「あら、だつてわたし、物理的に絶対処女だもの、診断書そえてもいいわ」

「そんなものの存在の有無なんて、意味がないわ。現代的な処女の定義にあてはまらないわ」

「そんなことないわよ！　物理的に処女なら処女にちがいないわ。自明の理だわ」

脂のういた小鼻をはらせて弁じたてる志津子の顔を、ユキはまじまじみつめ、突然涙の出るほど笑つてしまう。

志津子もそんなユキにつりこまれて、にやにや笑いだすのだ。

どんなきわどいペッティングを行つても、ペッティングだけなら、純然たる処女だとうそぶく志津子の、単純明快で素朴な論理が、ユキには笑えてならないのだつた。

「あなたの方が、ものの価値判断がつねづねあやしいんだから――世間ではね、行われたことだけが事実であつて、精神がどうだつたかなんて説明出来ないじやないの。世間じやあなたの論理がおかしくて、わたしの論理がとおるのよ」

「わたしたち四人の中でね、真正処女はね、ハッパひとりだつたのよ。あの子は二十八の今までキス一つしなかつたんだから。処女の価値なんてだんだん骨董品化しているのに、あんたたちがそれにしがみついているのがふしぎでしようがない」

「あなたの思想は超非常識よ。まだまだ処女性つて切札は、効能を発揮して世の中を通るわ。オールマイティかもしれないわ」

「そうかしら。あんたたちだつて世間の目からみれば、どうせ、亮子やあたしと大同小異の珍種の動物なみだと思うわ」

志津子は灘の醸造家の末娘だし、葉子は山陰の旧い格式のある旅館の長女であつた。ふたりとも家にふさわしい縁談がいくつか持ちこまれたのを、理由にならない理由をこじつけては断りとおしてきている。

葉子はナルシズムのあまり結婚する意志がなく、志津子は理想の結婚相手がみつからないという理由で。彼女たちの東京での独立生活にしても、世に謂うアプレ娘の無定見な自由ほしさのためでもなかつた。

戦時中、軍国主義の教育をうけて育つた人一倍すなおな彼女たちが、戦後はじめてつきあたつた自我の壁に、自分の額をうちつけて傷ついた。その中で、必死に失つたものをとりかえそうとする、生への、せいいつぱいの妄執であつた。

「あの子は——」

志津子は同い年の恋人をこう呼んだ。

「好きなんだけど、結婚はどうしたつてだめよ。あの子は結局は家の仕事をつぎたくて、帰るつもりだし、結婚しさえすれば、わたしも必ずじぶんについて灘へかえり、世間並なかわいらしい妻になると、勝手に信じこんでいるんだから——わたしの結婚は、愛なんてなくていいのよ。一番いい条件の、環境だけがほしいのよ」

「わかつた、わかつた。金持で姑がなくて、売れない劇を書かせてくれて——」

志津子のおつとりした顔に、ふつと血がのぼつた。

志津子は血の上つた顔をかくすように、ハンドバッグの鏡に顔をうつむきこませ、化粧を直しながらくぐもつた声でいつた。

「わたし、こどもがほしいの。早く結婚しないとうみづらくなるわ」

「こどもだけなら、人工受精だつてあるじやないの。もう三百人くらい生れてるそうよ」

志津子はあいまいな微笑をかえしただけで立ちあがつた。

小柄で派手な顔立なので四つ五つは若くみえるのに、志津子の後姿には、はつとするほど年がにじみでていた。腰を落した重い歩き方の志津子の肩は、思いがけなくきやしやで肉がうすく、我の強いぎらついた目のきらめきとはうらはらな、頼りなげな淋しさが惨みでていた。

四

志津子の背がみえなくなると、ユキは受話器をとりあげた。

番号や人の名前を覚えないたちのユキの指先が、亮子の社の電話番号だけは、まだ空んじていた。

半年ほど前、志津子にもつげない亮子とユキの秘密の季節があつた。

ダイヤルに指をかけたまま、何分かためらつていて、ユキはやはりのろのろと受話器をもどした。

耳の奥に、心の弾みをかくそうともしないせきこんだ亮子の声が鳴りひびくようだ。

ユキは裏ぎつたどの男にも感じたことのない後めたい罪のような影を、亮子の声の幻聴に感じていた。

亮子と葉子のからみあう白い肢体が、くつきりと、銀灰色の曇り空に描かれた。ユキは目を伏せた。

花壇にはサルビアが燃えていた。

上野の坂道——今みてきた前衛派の画の、絵の具の洪水の上に、サルビアの狂燥な赤が毒々しく重ねられた。

ユキと亮子は、口を閉じたまま、同時に目を撃たれた花の炎に、大きな目ばたきをして、ふっと目を交した。

微笑がわいた。強烈な絵をみた疲れと、神経のたかぶりの中に、ぬるい湯のような快感が流れて、泌みた。

快い甘さであつた。それがふたりに共通の感じで湧きあがつていることを、ふたりの全身が感じあつていた。

「別れたくないね……まだ……」

亮子が目をふせながら、ひくくつぶやいた。見ているまに黄昏がおおいはじめた目の下の街がかり寝の女の、けだるい後姿のようななまめかしさで煙つてきた。その底から遠雷のようなどよめきがつたわつてくる。

ユキはそんな風景に目を細めながら、そくそくと、やさしさにみたされてくる自分を感じた。こんな時、自分のとなりに佇んでいる者が、どの男でもない、同性の亮子だということに云いようのない安らぎが湧いてきた。

「どうしたの?」

亮子がじつと、ユキの目をのぞきこみながらいつた。

「ひどく、いい目つきしてるよ」

「ビールのもうか？」

「いいね」

まだ時間が早く、裏通りの小さなビヤホールは、亮子に目をそばだてる客もいない。

誰にも頼らず、自分で働き、自活しているユキと亮子のような女が、この東京には数しれずいる筈であつた。

それでも女二人で酒場に現れる者は、そうはいないかもしれない。

手もちぶさたのボーイたちが、見ないふりを粧いながら、ちらちら、二人のテーブルへ視線を送つてきた。

「亮子はどうして女装しないの？」

「年上の女がくどく時、みんなそういうよ」

「しよつてる」

ふたりの傍若無人な笑い声に、ばねをかけられた人形のようなかつこうで、若いボーイがとんできた。

気がつくと、ふたりの前のジョッキは空になつていた。

葉子が雑文を書いている婦人雑誌のスタイルブックに、ユキが関係したことがきつかけで、葉子が、志津子と亮子を、ユキに紹介した。

そうした結びつきなのに、初めて会つた時から、ユキは亮子にだけ、強く牽《ひ》かれた。

電流のように伝わりあうものがあつて、それいらい、亮子は憑きものがしたように、ユキを訪れ、ユキはそんな亮子を待つようになつた。

ユキは、亮子の、何代か前から江戸の下町に住みついているという、都会的に繊細で典雅な血と、そこはかとない頽廃の色に牽かれ、亮子は、南国の陽にむれて熟した麥《むぎ》の匂いのするようなユキの熱い血と、ひたむきな実行力に牽かれていた。

ふたりはどちらからともなく、さそいあいよく歩いた。

「ユキ、あの子つけて来させてみようか?」

銀座の雑踏の中で、亮子が囁く。

ユキは亮子のいう、あの子が、向うから歩いてくる人々の中の、どの女をさしているか訊かなくてもわかつた。

さつきからユキも、すんなりと、細いガーベラの茎のような感じの少女が、人ごみを、ついついと身軽にぬいながら進んでくるのに目をひかれていた。

軽くカットしたイタリアンボーイシュ刈の髪が額ぎわでゆれていた。目のうるんだ、口元をきつとしめた、混血児のような少女の顔だ。

すれちがいざま、亮子が何気なく少女の前に行き、じつと、目をそそいだ。

そのまま亮子は、少女の横を通りすぎ、右肩を少しあげて、独特の後姿をみせ、大股に進んでいく。

ユキもいそいで目だたないように亮子を追った。

「後みてごらん。ついてきてるよ」

「まさか……何したの！ ベロでも出してみせたの？」

「バカ、いいからそっとみてごらん」

ユキはかたわらの靴屋のショーウインドをのぞくふりをして、すかしみた。

少女はどこから引かえしてきたのか、十米ほどの間かくをおいて真剣な目つきで亮子を追ってきていた。

やっとの思いで少女をまいたあと、ユキは亮子にたずねていた。

「どうしてわかるの？ あの子があれだって」

「お互いぱっと通じるんだよ。どうしてなんて説明できやしない。亮子をね、一番はじめ可愛がったおばちゃんはね、街でつる名人だったよ。亮子をつれて歩いてる時、今みたいに行きずりの女をついてこさせといて、亮子の頭をなでて、さ、いい子だから今日はここでお帰り、だって」

亮子は気嫌のいい顔であははと、少年のように笑った。

その時、横のバーからかけだした女が、ふたりにぶつつかりそうになつて目の前を横ぎつて走つた。黄と黒の縞布を、まきつけたように身につけた女の、肩と乳房の半分までむきだされたオパール色の肌のなめらかさに、ユキは、はつと目を奪われ、立ちどまつて目で追つた。

「あたしも、いくらかあやしいのかしら」

「ムロンさ」

「え?」

「お志津やハッパと歩けばね、彼女たちが気をひかれる人種は、いい男にかぎられてるんだよ。

ユキは色つぽい女にばかりはつとしてるじゃないか」

「暗示にかけないでよ。だんだんおかしくなつてくる」

亮子は適度に汚したなめし皮のベレーを小いきにかぶりなおし、ながし目でユキの目をとらえにきた。

「あ、その目でつつたのね、あの子」

「バカ」

亮子はチェッと舌をだして笑つた。ピンク色の舌先が紅気のない唇のあたりで、ひどくいきいきとうごいて消えた。

五

そんな日がくりかえされていた。

ある夜。ユキは仕事の上の会があつて、都心から、終電近い電車で帰つてきた。まつ暗でも狎《な》れきつた自分の部屋の中央にすり足ですすみ、電灯をつけようとしたユキは、あつと、全身を凍らせた。

思いがけない場所で、ふとんに足をとられたのだ。しかも、中に人がいる。

恐怖で声もでず、反射的にスイッチをひねつた。

「停電だよ」

ひくい、亮子の声だつた。

「ああ、びつくりした。息がとまりそうだつた」

へなへなとユキはその場に坐りこんでしまつた。

「どこから入つたのよ」

母屋からはなれたユキの部屋は鍵がかかつていた筈だ。

「窓」

「窓にだつて鍵かけて出た筈よ」

「あんなさしこみなんか、泥棒でなくつたつてすぐ外せるさ」

やつと、手さぐりでろうそくをつけると、黄色い焔の輪の中に、ちゃんとふとんをひつぱりだして、ズボンをつけたままの亮子が、のうのうとのびている。

ユキは服をぬぐふりをして横をむき、不愉快さのしみだしてくる顔をかくした。

夫の家を飛びだして以来、着のみ着のままのくらしから、女の細腕一本で、やっとここまで生きぬいてきたユキは、たつた八畳の自分の部屋に病的な愛情をよせていた。

ユキにとつては何ものにもかえがたい神聖な城であつた。どんなに深くなつても、自分の部屋に男を泊めたことはなかつた。

「おこつたんだね」

「寝まきに着かえたらどう?」

「いいよ、いらない」

亮子はそれでも、くるつと勢よく起きあがると、ズボンをぬいだ。男のすててこともちがう白キャラコのトレーニングズボンのような、ふかふかした妙なものをはいていた。はじめてみる亮子の珍妙な下着姿に、ユキは思わず失笑した。

「笑うな」

亮子は甘えた声でいい、丁寧にふとんの下にズボンをしきはじめた。

「こつちむけ」

闇の中に亮子の声がひくい。

乱暴なことばのひびきは、奇妙なしめり気をおびていた。

志津子も葉子もこのふとんで寝ていつたことがあるのに、ユキは亮子を意識して、からだがこわばり、目が冴えてくるばかりなのだ。亮子も肉をかたくしているのか、身動きもつたわらない。

ユキが寝がえりをうつと、こもつた空気が、二人の女のよせあつた肩のあたりから、闇にひろがつていつた。自分のものでない亮子の体臭が、ユキのとがつてくる神経にふれた。亮子がきゆつと、足をちぢめたと思うと、急に全身をやわらげ、ぐつたりと首をユキの胸に埋めてきた。

ユキの胸の中で、亮子が身もだえた。

とつさにユキの全身にひろがつたのは、いいようのない困惑だつた。亮子がかるく、ユキの肩を噛んだ。ユキの手が、自分でも気づかず、亮子の背をなでていた。

忘れきつていた母性が、ユキの胸をあたたかくしてきた。

亮子がいじらしく、ここ二ケ月あまり、ふたりだけですごした時間の密度と重量が、ずつしりと胸にかえつてきた。

ふいに、ユキの中で覚えのないあらあらしいものがはばたき、全身の細胞が力強くふくらむような気がした。

腕に強い力があふれ、亮子の胴をしめていた。好奇心がどす黒い煙になつて、からだいつぱいあふれていく。

「どうしてあげていいか……わからない……」

ユキの唇が、生あたたかいものに密閉された。闇の中にユキはかっと目をみはった。後頭部が氷になったようにしびれ、寒気が背中を這っていった。亮子のからだが火の熱さで感じられた。

「だめよ、後悔するにきまってるんだもの」

はじめてきく、亮子の弱々しい女の声であった。

かたい亮子の乳房は、ユキの掌にあまった。

すでに後悔は、ユキの頭の毛尖にまで充満していた。ますますしびれて虚しい頭の中にごうごうと鳴るものがかけめぐっている。

皮膚の内側に粟だつものがあった。

そのくせ、手は他人のもののように、やわらかくなった亮子のすべてを、性急にたずねていった。

あくる朝の亮子が、少女のように素直になり、ユキに甘えて心をよせるのを、不思議な夢のつづきにいる気持でユキは眺めていた。

加害者のような心の昏《くら》いたかぶりが、ユキの寝不足の頭にうずいているのに、亮子のさわやかな目と声は、何なのだろう。

その日の夜には、速達の不思議なきぬぎぬの手紙まで、ユキは手にしてとまどった。

亮子の周到な暗示にかもされて生れた愛なのかと、ユキは説明しようのないせつないなつかしさで二人の過去の共有の時間を愛惜していた。

そのくせ、亮子にふたたびふれることを想像するだけでも、恐怖にちかいおびえがあつた。亮子は逢うことをさけるユキにせつながつてしきりに手紙をよこした。その手紙は、わざとかと思われるほど、女学生じみたセンチメンタルな色でぬりつぶされてきた。

ユキはその手紙にはげしく涙を流した。亮子のあわれさと、自分の惨酷さに、からだがふるえた。

はじめからしまいまで、さめきつていたあの夜の自分の顔は、ふたりを塗りこめていた闇にむかつて、悪鬼の形相をしていたのではないかと、ユキは顔をかきむしりたかつた。

六

葉子のアパートのある丘への片側道を、ハイヒールでふみしめ、ふみしめ、ユキが上つていた。

志津子からふたりのことを聞いて以来、ユキはこの坂道からとおざかつていた。フランス語はいつのまにか、ユキや志津子の欠席が重なり立ち消えになつていた。

葉子は亮子を愛しているのだろうか。

自分の心のある襞のかげで、まだ明らかに温存している亮子への愛をたしかめながら、ユキは坂道でしだいに、息をきらしていた。

よろしくやつているわよという志津子からきく二人の噂だけが、これまでのユキの心をわずかに救つていた。

そのくせ、ユキは決してただの一度も、そのことばを信じたことはなかつた。

自分のそれより白い亮子の肌、より女らしい肉のあつみとまるみ……息づかい……。

男装の下にかくされた亮子の女が、葉子との生活でみたされる筈がない……。

葉子にはこの間、雑誌社の廊下でばつたり逢つている。

「ユキさんにきいてほしいことがあるの」

疲れのよどんだような葉子の表情であつた。

ちよつと立ちどまり、迷うふうであつたがすぐ、思いなおした様子で、せかせかとかけさつていつた。

亮子の不幸がなぜ自分の心にこれほど圧迫を加え、裏ぎりの意識におびえさせられるのか、ユキにはどうしてもわからない。

自分の自我のためには、夫を捨て、子どもを捨て、男を裏ぎり、従来の道徳は何一つ信じようとしない。欲するものは貪りとつて生きてきたのに、亮子との愛のモラルには、抗いたい既成の約束ごとがないだけに、わりきれない粕がのこされている。

そのくせ、おいすがるような亮子の弱々しくなつた瞳に、砂を押しこむ残忍さで、このごろのユキは、新しい男との情事に、溺れこんでいるのだつた。

葉子のアパートの屋根がみえてきた。

ユキはなつかしさに目があつくなつた。

雑誌社で何気なく頼まれた葉子へのことづけを、ふつと引受け、訪ねてきて、やはりよかつたと思う。

灯のついたままの葉子の部屋には誰もいなかつた。

鍵もかかつていないのは、風呂か買物の時と決つていた。

ユキは、ベッドの真中の、いつもの自分の場所にかけ、久しぶりの部屋をみまわした。

カーテンとスタンドの笠がかわつている。中宮寺の彌勒の下に、前にはなかつたスーラの水に濡れたような感じの女の素描がはられているのは、亮子の好みだ。カトレアの香水の空瓶に、温室咲きの紫のパンジーがさしこまれている。これも亮子の好きな花だ。

机上のブックエンドにはさまれた本の中に、見覚えのある『淋しさの泉』があつた。

「ユキ、『淋しさの泉』買つておくれよ」

亮子と銀座をよく歩いた頃、本屋の前で、亮子がはにかみながらいつた本だつた。

フランスの閨秀作家の、女の同性愛を描いた有名なその本をユキが買つて表に出るまで、亮子は一歩も本屋に入らなかつた。

ユキから本を受けとるなり、ぱつと耳まであかくなつた亮子の表情を、今でもおぼえている。

その本の名を、本屋で口に出すことの出来ないという亮子を、ユキは、はじめて不思議な生物でもみるような目つきでみつめたのだつた。

ベッドの裾に、派手な亮子の男用靴下が二足と、黄色い葉子のソックスが乾してあった。ハンガーにひろげてかけた白いパンツとみえたものは、裾口からあめ色のゴムの裏打がのぞいている。かすかなしみひとつのこさず洗いあげられているそれは、だれのものとみればいいのだろう。

ユキは葉子のとがった鉛筆でメモをおくと部屋を出た。

駅前の喫茶店で、一人コーヒーをのんでいる間に、ユキはふっと、むしょうに二人にあいたくなってきた。

すべてがじぶんの思いすごしなのかもしれなかった。

整然としたあの部屋で、幸福そうな二人に、かえってあてつけがましく迎えられるかもしれない。

そんな道化の役なら喜んでつとめてみようと、ユキは急に胸のしこりがとけるような、心軽さを感じてきた。

二度めにいった時、部屋の窓は開けられていた。

ユキは軽いいたずら気から、そのまま庭づたいに、葉子の窓の下へ、足音をしのばせていった。そのとき、

「ユキとだって、そうじゃないの！　だまされてたんだわ！」

ふいに、頭上からふってきたヒステリックな声に、ユキの足がすくんだ。

すすり泣きの声と、その声の中からぜいぜい喉をならして、訴えつづける葉子の声がなおもつづいた。

「いやよ！　亮子の過去は、亮子だけのものなの？……あたしには、何ひとつ、のぞくことできないじゃないの。あたしはふるい友達を一人ずつたちきってきたわ……亮子のために……亮子のためじゃないの……」

「何度いったらわかるんだ！　何でもないっていってるじゃないか。ユキにきいてくればいい」

「ユキにきけだって？　ふん！　ばかにしないでよ！　あたしに目がないと思ってるの？　あんたたちのあの目つきなにさ！　亮子はいつあんな目であたしを見た？　いつ、あんな甘ったれた声だした？」

泣きじゃくりながら叫ぶので、とぎれとぎれの声が、小石をこぼすように、ぼとぼと窓の下のユキの頭上にふりかかってくる。

「いやっ！　さわらないで！」

「勝手にしろ！　わからずや！」

「こんなもの！　こんなもの！」

「バカッ！」

窓からびゅっと、黒い影が風をきって飛び、ユキの頭上をこえて、ざくろの幹に当った。がしゃっと、音たててくだけとんだ。

ユキの足元にそのかけらがとんできて、はずみをつけてころがった。万古の急須の柄であった。フランス語をはじめた頃、ユキが買って持っていったものだ。はじめてみる半狂乱の葉子の変りようが、ユキの心にこたえてきた。ユキは笑えなかった。

男のキスもうけつけない葉子が、同性という錯覚から亮子に許してしまった肉体にしばられ、心をしぼりあげられている苦しみが、ユキの胸にもつたわってくるのだ。あの誇り高かった葉子が――

この間あった葉子の俤《おもかげ》が浮ぶ。けわしくなった太い眉、不安そうな葉子のまなざし、澱《よど》んだような底黒い皮膚のたるみ、以前にはなかった不透明な膜が、葉子の全体にぼんやりかかっていた――

ユキは足がすくんで動けなかった。葉子のすすり泣きに、亮子のすすり泣きがからみあってきた。

傷ついた獣たちが、月にむかって啼いているような、いたましい淋しい泣き声だった。

亮子の泣き声も女らしく細い。

ユキはすくんだままだ。足元に穴を掘って顔を埋めてしまいたい切なさが、腸《はらわた》の奥から、ぎりぎりしぼりあげるようにのぼってくる。

亮子に対して開いていると思っていた、胸の奥の傷口が、今また、ぐっと、葉子の掌で左右にかき拡げられる気がした。

七

志津子から店に電話がかかつてきた。

ユキが葉子のアパートを訪れてから一ケ月ほどたつていた。

「亮子がね、いちど集らないかつて」

「だつて……いいの？　ハッパは？」

葉子が、ユキをもふくんだ亮子の過去に、病的な嫉妬をしていることは、今では志津子も知つている。

「ふふふ……だからかえつて、一度集つた方がいいんじゃない？　わたしはどうやら緩衝地帯よ」

「いやよ、どうせまた、お志津さんおくれてくるんだもの、こわいわ」

「今夜はいつしよにいつてあげる」

その夜の亮子は上気嫌だつた。

どういう了解が成立つているのか、葉子も昔の葉子らしく、童女型の下ぶくれの頰を上気させ相かわらずひとりで、ばたばたせわしなく部屋と廊下のガス台の間を往復した。

鼻からぷうつと、二本棒のように、色気もなく煙をはきだして煙草をすいながら、最近探訪記事をとりにいつたアルバイトサロンの話などを、陽気にきかせているうち、

「ね、お酒のもうよ」

と、いいだしたのも葉子だつた。

煙草ののみ方と同じように、葉子は酒の味がわかるのかわからないのか、ぐいぐい、喉にほうりこむ乱暴なのみ方をするが、強かつた。女の酒宴がはじまつた。

生れ故郷も職業も、年齢も、まちまちな四人の女が、自分のささやかな自我を頼りどころに、誰にも頼らず自活しているという、その一つだけの共通点でむすばれ、こうして集まつて男のように酒宴などひらいている。考えてみれば不思議な情景でもあつた。

ピッチの早い酒にいつか酔が廻つていた。

「あの男、インテリゼンスがなくておよそ退屈だよ」

「あいつ、田舎ダンディね」

「あの子は、キャンディボーイのステッキ用さ」

酔つて男の悪口をしやべりちらしても誰も本気にいつているわけでも、まともにうけとるわけでもないのだ。

美しくない三十女たちが酔つてくだをまくその醜さが自分たちにはねかえり、いよいよ彼女たちの自意識をゆがめていく。

「お志津さん、見合どうだつたの?」

ユキが思いだしてたずねた。

「だめ!」

「断られたの?」

「あんたの処女といい取組みじやないの。四十二で童貞だつていうのよ。気味が悪くなつたの」

「なおらないわ、三十になるまでにぜがひでもしたい」それで結婚したい病はなおつたの?」

「もう三十じやないの」

「二十九才五ケ月ですよう」

ベッドの上に、ズボンの長い足であぐらを組み、雑誌の附録の歌謡曲集を手にとつていた亮子が、突然ひくい声で米山甚句を歌いだした。蒼白なうすい皮膚が桜色に染つて目がうるんでいる。

「動くの、いやになつた、今夜泊るわよ」

一番酒に弱い志津子は目の中まで赤くして舌がもつれていた。終電はとつくにすぎていたのに、誰も気がつかなかつた。

「亮子どいてよ。ふとんしくんだから」

葉子にベッドから追われると、亮子はどさつと床《ゆか》の上に仰向けになり、足を高く組んだまま、まだ歌をつづける。湯の町エレジイ、枯葉、テネシイワルツ、芸者ワルツ、五つ木の子守唄……手あたりしだいというふうに、亮子の歌はつづき、声はしだいに傍若無人の大きさになつていった。

「亮子！　やめて！　何時だと思ってるの。隣からどなりこんできてもしらないわよ」

葉子の声に、亮子はかえって声を強める。

ベッドからぬきとった一枚のふとんを、板の床に葉子がしきおわると、亮子はごろごろころがってどすんと、ふとんの上に大の字になった。

ユキは、机の足にしがみついてあえいでいる志津子を、ベッドにひきずりあげた。まだま新しい亮子の青い枕をベッドの下になげてやると、ユキは志津子のベルトをゆるめ、自分もぐらりとその横に倒れこんでいった。

「やめて！　やめてったら！　亮子、こらっ、やめないか！」

葉子の声がしだいにヒステリックにつのってきた。亮子はいこじに歌いつづける。本を奪いとられても、壁にむかって、えびのように自分の膝を抱いた姿勢で、歌いつづける。

歌はいつのまにか、枯すすきや紅やのむすめにうつっていた。ベッドの上から亮子のまるめた背と細いむきだしのぼんのくぼみをみていると、ユキはたとえようのない悲哀に胸がしめあげられてきた。亮子は泣いているとユキはみた。ふと気がつくと、背をあわせた志津子のあついからだが、ひくひくふるえはじめている。毛布を嚙みしめながら、志津子も全身で泣いているのだ。

のぞきこむと化粧の落ちてしまった志津子は、陶器のように光ってみえる頰を涙でぐしょぐしょにし、子供のように唇をゆがめて、ひっしに泣き声をこらえている。生地の志津子はこんなにかわいい泣き顔の女だったのかと、ユキは毛布をひきあげてやった。

「亮子のバカ！　亮子のバカバカバカバカ」

葉子の声もひきつったような泣き声に変っていった。ユキは手をのばし灯を消した。

ぴたっと、歌がとだえた。

闇の中におしころした女たちのすすり泣きのけはいだけが、熱っぽくこもってきた。

外は月夜なのか、カーテンのすきまにのぞく空が螢光色にほの明るい。ユキの目尻にもつめたいものがつたわってきた。

遠い鶏鳴が、尾をひいて消えた。

突然、誰よりも激しくしゃくりあげそうになって、ユキは大きく息をすいこみ
「コケコッコー」

と、一気にはき出した。

志津子が、びくっと、身をおこし、もっと強いしゃがれた声で
「コケコッコー」

とつづけた。壁ぎわから亮子の太い声がすぐそれを追った。

その声の余韻が消えない時、葉子が鋭く、かん高く、引き裂くように
「コ、ケ、コ、ッ、コー」と叫んでいた。

訶利帝母
かりていも

こんな男のこどもなど、生めるものではないと私はそつと、亮吉の背をぬすみみるのでした。

戦後十年もたつのに、四十すぎた亮吉の後姿は、戦争中からの栄養失調を、大切に保存してでもいるような、ぎすぎす骨ばつた情ないものなのです。気力をどこかに取り落してしまつたふうな、亮吉の背の表情は、まるで、影が厚みを持つて、そこに浮び出たのでないかと思われる怪しげな雰囲気さえ漂わせています。

痩せて、背ばかり高い亮吉に、私はせめて、目の錯覚を利用してでもいいから、堂々と見えてほしいと、亮吉の年にしては、いかにも派手な、太い横縞のゆかたをつくつて着せてみました。けれども、糊がきいて、かつきりと縞の浮きたつゆかたの中では、かえつて亮吉のからだは衣紋竿のように骨ばつて見え、新しい着物に緊張した亮吉が、ぎくしやく不器様に動く度、どんな目の錯覚によるまやかしをもうちまかし、貧相な中味を、実質以上に細々と想像させるという苦い経験を、私になめさせただけでした。かといつて、どのように暑い真夏の日中でも、亮吉は裸でいたり、半ズボンをはいたりはしたがらないのです。彼自身、誰よりも承知している貧相な肉体をまだ私の目にも、ありありとさらすのは、亮吉のみえが許さないのでした。

私も、亮吉の、もう肉のややたるんだ痩臑《やせずね》――しかもその臑に若々しい性的魅力にとむあの男のむだ毛がほとんどなくなつているのが、何よりも私の不満でした――を、人目に露出しておくにはしのびません。

私は慎重を期し、今度は、鼠色と黒と白が曖昧模糊といりみだれ、おまけに絞りを真似て縮らせてあるという新柄ゆかたをみつけてきて、亮吉に着せてみました。ごわごわと縮みのきいたそのゆかたは、亮吉の年相当の地味さのせいか、前の太縞よりかは亮吉にぴつたり似合うように思われます。よれよれの人絹さんじやくをアイロンで押しのばし、低めにたつぷりとしめさせるとはじめて、私には上背のある亮吉が、いくらか世の常並の中年男らしく堂々とみえてきたので、うれしくなつてしまいました。

ところが、亮吉にそのゆかたを着せ、とくとくとしていた翌日のことです、マーケットのお惣菜屋の前で、ばつたり会つた隣の奥さんが、買物籠を下げて私によりそいながら、持前の暢気な声で話しかけてきました。

「ねえ……お宅のあのかたねえ……」

亮吉と私の普通でない関係は、もうここへ越して一年の今、近所では誰知らぬ人もないようでした。離れを貸してもらつている母屋の老婦人も、亮吉のことを、何時のまにか、だんなさんとは呼ばず、佐多さんと亮吉の姓を呼ぶようになつていました。近所では一番親しくつきあつている隣の奥さんも、私に向つて亮吉の呼名には当惑するらしく、いつも「あのかた」とか「あなたの彼氏」とか、「佐多さん」とか、その時の調子で呼ぶようになつています。

「ほら……佐多さんよ」

といいなおし

「後姿の肩んところが、何ともいえず、さあみしいのねえ、どうしてかしら、ゆかた着て、すつすと、重さがないみたいに歩いていくでしょう。その後から見てたら、じつにさあみしいじやないの」

どきんと、私は血の流れがとまつたように思いました。

この奥さんは、私と同い年で、学校にあがつた女の子が二人いる今も、御主人を婚約時代のまま、明夫さん、明夫さんと呼ぶ無邪気さです。どうやら、姫鱒の養魚をやつておられるという御主人の事業が、ちかごろは、輸出不振のあふりをくい、暗礁に乗りあげているらしいのに、一日中、いい声で唄などうたい、御主人がお金の工面で四苦八苦、帰りが遅い夜など、近所の手前も考えず、淋しかつたと、わあわあ大声あげて泣きだすのです。

そんな暢気の標本みたいな奥さんが、事もなげに云いすてた言葉の真実さが、ぐさつと、私の胸を突きとおしてしまつたのです。「さあみしい」と、節をつけたような奥さんの言葉の余韻が私の胸に、寒い風をまきおこすようでした。

「そうね——若い時、病気ばかりしてたからかしら……」

私は反射的にそんなでたらめをいつて、胸のどきどきをおしかくそうとしました。亮吉の若い時なんて、私の知つている筈はないのです。彼とはまだ、満二年にならないつきあいなのですから。

あんな苦労しらずの天真爛慢な人にも、亮吉の後姿の頼りなさに気付かれるほどなのかと思うと、裏木戸で奥さんと別れ、自分の部屋へ帰るまでに、私は三度も立ちどまり、情なさに、ぐつぐつと涙をのんでいるのでした。

そんなことは露しらぬ亮吉は、新しいゆかたの胸へ、ばたんばたん、おうようらしくうちわの風を送り、縁側の籐椅子にふんぞりかえり、私のさげてかえつた四合びんの中の三合の酒をみてにやつと相好をくずすのです。酒のお金だつて、亮吉は出せない貧乏でした。

そんな亮吉が、どうしたのか、酔うと決つて、「こどもがほしい」と、いいだすようになつたのです、酔は自制心を無くすというのが本当なら、亮吉のこの願望は、案外四六時中、亮吉の心のどこかにたたみこまれている切望なのかもしれません。

「だつて、赤ちゃん、誰がお守りするのよ、第一、赤ちゃんおなかにいれて、あひるみたいなかつこうで、仕事とりにいつてごらんなさい、とたんにお払い箱だわ」

私は雑談にまぎらせようと、おどけた調子でいいました。

私はこども雑誌にさしえなど書いて生活しています。夫と別れた履歴も、こういう社会ではかえつて箔のつく経験ということにもなるらしいのですが、やつぱり、私が三十をこしたばかりで年よりはいくらか若く見え、係類の無い独り暮しという身の上が、仕事をとる上にずいぶん得をしていることはいなめません。これで、亭主と名のつくものがあるとわかれば、私よりおおむね年の若い編集者たちは、今よりもつと反身になつて
「いい年して、こんなつまらぬ仕事してないで、亭主に養つてもらやいいじゃないか」

と、うそぶくに決つているのです。ましてや、かい性のない情人を持つているなどとわかれ

ば男に貢ぐ金の心配までしてやれるもんかと、残飯を乞う犬より惨めに追っぱらわれるのがおちに決っています。その上、こどもなんて――

月六千円の部屋代を払い、外では男並みのつきあいを派手にして、商売柄、そう流行おくれの服装も出来ず、今ではぜいたく好きの亮吉の酒代まで心配しなければならぬとあっては、月々の私の収入が、時には編集者の給料の二倍をこえようと、やっぱり火の車、亮吉の来ない日々には朝も晩もお茶づけにおこうこという暮しも、しなければならない経済状態なのでした。

「おれに稼ぎがあればなあ、双子でも三つ児でも生ませるんだがなあ」

亮吉はため息まじり、さも、無念さの口実のごとく、たてつづけに盃をあほります。もちろん照れかくしの下手な演技。私はそんな亮吉の、眉と眉との間の刻んだような二本の縦皺を、今更のごとく、つくづくとうち眺めるのでした。

恋のはじめ、その二本の縦皺を、私はもしやボードレールの生れ変りではあるまいかと、惚れ惚れとながめいつたものでした。縁日の夜店の額縁屋で、映画スターのプロマイドの中に、ぽつんとまじつていたその詩人のしかめつ面を、ぴつたり思いださせる渋面です。

平ぺつたい顔に、低いちんまりした目鼻をくつつけたお多福の私には、亮吉の、中高の彫の深い陰影に富んだ顔付は、哲学的神秘さを湛えているかのように思われ、眉間の深刻めいた皺こそは、現代知識人の苦悩の象徴かと目に映つたのでした。

ところが、後になつて、その皺は、彼がこども時代からの弱視に、最近はかてて加えて、老眼が入り、それを人に気づかせまいと、四苦八苦、そばめ通してきた目頭の筋肉の、収縮作用が刻みこんだ単なる生理現象だとわかつたのです。

またその頃、亮吉がその皺をより一層ぎゆつとしかめ、

「おれは、サラリーマンの、はんこで押したような単調な生活が、どうしても堪えられなかつたんだ」

といつた時、私はどれほど尊敬と感嘆のまなざしで、亮吉の顔を仰ぎみたことでしよう。

くらしの為には鳥肌立つお世辞のひとつも、ぬけぬけと云わずにおられない、日頃の自分の忸怩《じくじ》たる性根に、腹を立てている私には、亮吉が世間的には、ちよつと名の売れた出版社の編集員という華やかな席をけつて、部長とけんかし、辞表を叩きつけたという噂は、まことに颯爽と、胸もすく壮挙だと肝に銘じたことでした。

ところが、それも、亮吉が人並外れて臆病で、弱気で、事務的能力ときては小学生にも等しいということを知つてしまつた今では、亮吉の方からわざわざやめなくとも、居つづけていたら、きつと、半年か一年の差で、首になつたであろうという運命が、ありありと想像されるのです。

要するに、亮吉に関する私の誤解、誤算は、これを代表として続々とつづきますが、恋愛なんて、結局、誤解の上に発生する病状だとすれば、私のあわてものぶりを、そう卑下しなくてもいいのではないでしようか。今となつては、もう、二年近い亮吉との生活の間に、私は亮吉

にかけた夢のことごとくを打破られております。

亮吉の正体は、深刻な智的苦悩を悩む近代人とか、生きている間はえてして認められぬ掟の、世紀の芸術家とかいったものではなく、何をやっても、片つぱしから目算の外れる、実生活の失格者に他ならないのです。スタートでたちおくれ、途中でころび、永遠にゴールに入りそこねた亮吉の目には、いつまでたつても、はるかかなたに切られてしまつた白いテープが、幻影としてつきまとつているのではないでしょうか。

無口だということが陰険ととられ、病的内気と照れ臭がりやが、傲慢とうつり、背の高いことが反感を招き、痩せすぎていることが不快をよぶ、今や、亮吉の存在のすべては、不幸と失意へ大車輪で、彼をひきずりこもうとあせつているようにみられるのです。

亮吉がせめて、稀代の怠け者とでもいうなら、彼の見事なまでの不運、不遇の境涯も、いつそ堂々としてくるのかもしれませんが、亮吉は小心翼々、その陰日向のない勤勉ぶりは、全く涙ぐましいものがあるだけ、悲惨をきわめます。

亮吉が、ひよろ高い自分の背丈ほども、売れたためしのない原稿を書きつづけている事実に対しても、今では以前のように、さほどの感激や同情も感じてはいないのです。私は元来、本を読むのは面倒臭い性のうえ、さしえの為の下手くそな原稿散々よまされ、およそ小説なんて退屈なものだと思つているので、眠けさそいに短い詩くらいはみても、亮吉の小説なんか、一度も読んでみたことはありません。何でも、亮吉の酔のくぜつによれば、彼はいまだかつて、世界の誰にも書かれたことのないような、新しい小説を書こうとしているのだとうそぶくのです。他人の書いたようなものは、今更、書く気がするものかなど、痩せ肩をそびやかせてみせるのです。

それを聞かされた時こそ、私は目の前暗澹、もうだめだと、がつかり気落ちがしてしまいました。いくら私がしがないさしえかきだつて、模倣こそ芸術の始めなりというくらいの、基本的常識は承知しております。それなのに、亮吉は、何という大それた望みをかくし持つているのでしよう。

そのような大冒険は、選ばれたる少数の天才にのみ許される試みにちがいありません。天才とは必ず夭折するものなりという定義を信じこんでいる私は、四十すぎても、交通事故にもかかりそうもなく、ひよろひよろ惨めたらしく生きのびている亮吉に、天才のかけらもある筈はないと、とつくにみきわめをつけているのでした。

私はそれを聞かされて以来、亮吉の小説が、まちがつても売れるようになる日は、絶対期待出来ないことを覚悟したのでした。

その上、亮吉は並外れの大酒呑みです。

優生学的見地からみても、こんな亮吉は、お世辞にも優良種とみなすことは出来ません。

「どうしてもいや？」

亮吉はみれんらしく、私のひきしまつたおなかに押しあてていた、こけた頬をはなし、真上から私の目をじいつと、覗きこみました。

「……だつてえ……」

「大丈夫だよ、今ならまだ……ナミはこんなに若いんだ……それに初産じゃないんだもの……」

――だつて、三十すぎのお産は苦しいつていうから――という云いわけを、もののみごとに見すかされてしまい……私はかなわないとふきだしていましたが、ふと、笑いがこわばつてゆくのを感じました。いつだつてこうなのです。亮吉の目は、まるで特殊レンズで出来ているように、私の心の中の、どんな微妙な影でも、すぐ読みとつてしまうのでした。

私はまじまじと、裸のじぶんのからだを見直しました。ひきしまつて、麦藁色に脂肪をのらせた私のからだは、薄みどりのスタンドの灯かげのせいか、濡れた魚のように優雅に横たわつています。

まだこどもは生める……思いがけない波だちが、心の奥にさざめきたつてきます。

まだ男はできる……ということばよりも、まだこどもは生めるということばの方が、女にとつて、何とみづみづしく、涯しない可能性を孕んだひびきをもつていることでしょう。私の掌は、むつちりとしたこどもの柔らかな足の感触を、せつないほど思いだしていました。ふくらみはじめたばかりのいちぢくの果のような、かわいいふぐりをくつつけた清らかな男の子……

私は、とつぜん、あつけにとられている亮吉の目の前で、す裸のまま、激しい美容体操をはじめたのです。できるだけ、むづかしい姿勢を、アクロバットのふうに、次から次へえらびながら――じぶんのからだがまだ充分しなやかなことを、若さのみのもつ強烈な匂いをふきだす汗にたしかめ、狂つたようにはねまわり、ころがりつづけるのでした。

「よせ！　ばか！　よせ！　くたびれるぞ……」

亮吉はおびえ、私の上にのしかかり、からだ全体の重量を利用して、まだ痙攣しつづけている私の全身を静まらせようと、必死になりました。

私の心はしらぬまに声になつていたようでした。

「男の子がほしい……」

「うん、男の子がいい。ナミそつくりの、まんまるい顔の元気な子だ」

亮吉のまじめくさつた口調に、私ははつと我にかえり、憑かれたように声をたてて、はげしく笑いだしました。

「いやあよ。亮吉のヒョロヒョロのからだに、あたしのすが眼とカラッポの頭のくつついたこどもが出来てごらんなさい」

私はどうにも笑いがとまらず、亮吉のからだの下で、おなかを波うたせ、むせびつづけました。

やつぱり、こどもは生めないと、亮吉の来ないひとり寝の夜々には、ひどく生まじめな顔付を凝らし、私は考えつづけるようになりました。

私の腹は、夫の元にのこしてきたエイコを生んだあと、ぎゆうぎゆう、さらしで二ケ月も締めつぱなしにしつづけたせいか、娘のようにしなやかに、翳ほどのたるみもとどめず、はりきつています。

亮吉との生活がはじまつて、目だつて豊かになつた腰の線は、頼もしくみのつています。けれども、たつぷりあつた母乳を、惜しげもなくエイコにくれてやつたせいで、私の乳房だけは、もうみるかげもなくなつてしまいました。

掌の中に入つてしまう柔かな乳房の上に、両手をおき、私はエイコに乳を吸れた時の、からだの芯から背中へかけて、むずがゆくひろがつてゆく、快感と虚脱感のいりまじつた、ふしぎな甘さを思いだそうと、一とき、心を澄ませてみました。

エイコは、このごろでは、私の夢にさえあらわれなくなつていました。別れたはじめの一二年こそは、デパートへゆく度、幼い子供用の衣服やおもちやが目について、おろおろ取り乱したものでしたが、ちかごろでは、たまに余分のお金でもにぎると、私は目の色かえて、一直線に、婦人物の衣料部や化粧品部に突進してゆきます。

いつしよに暮した歳月よりも、別れてからの月日が多くなつてしまつた今では、私の二十一に生んだエイコは、十をいくつこしているのかしらと、指を折つてみなければならぬ遠々しさなのでした。

亮吉にも、妻との間に女の子が一人あります。亮吉にいわせれば、一人くらいなら育てられようと、周到な計画のもとにつくつたというのだから、笑わせられてしまいます。今もつて、自分の口一つ養えない亮吉にも、そんな華やいだ自信にみちた季節もあったのかと、私はまじまじ、くたびれきった亮吉の横顔をみつめたものでした。大酒のみの亮吉が、その時は、一ケ月も酒を絶った、というのだから、なみなみならぬ大決心だったことでしょう。私はその、逢ったこともない少女に七分の親愛と三分の嫉妬のいりまじった、複雑な愛情さえ感じているのです。

いつものように、飄然と私のところにやってきた亮吉が、すっぱいような、奇妙な見馴れぬ表情をして、ちょっとの間、まじまじと私の顔を見つめた後、

「うちの子、メンスきたよ」

と、つぶやきました。

――じゃ、エイコもすぐだ――

その瞬間、エイコと別れて初めて、私はエイコに関して強烈なショックを受けたのです。それは、私が家出して間もなく、エイコが悪質の流行目《はやりめ》にかかり、泣きただれた目をしていると伝え聞いた時よりも、もっと電撃的な痛みを伴った予期しなかった感情でした。

それいらいなのです。私は銭湯に行く度、ほのかに胸のふくらみはじめた少女のからだに、目を奪われるくせがついてしまいました。

目立って好くなったちかごろの少女のからだは、どの子のはだかも、申しあわせたように細腰がぎゅっとくびれ、脚がのびやかに見事でした。その子たちが、戦争中の一番はげしい時期

に生命を宿し、戦後のあの欠乏と混迷の中に成長してきたことを思えば、そのすこやかな美しさに、感動の目をみはらずにはおられません。

やわやわとふくらみはじめた薄紅の乳首のあたりに、水滴を弾かせながら、それらの少女は、まだ卑屈な羞恥になじまず、タオルでからだをかくそうともしないで、堂々と、大股に歩いて、湯船のふちをまたいでくるのでした。かあいらしい果実のように、ふつくらと盛りあがつてよりそつている少女のそこは、幼児のあけすけな清潔さとはちがつた、あるかなしかのほのかな蔭影をたたえはじめています。

湯の中で、私はふつと、自分の両手を泳がせてしまうのです。きくきくと固そうな少女の肌に触れてみたい衝動がつきあげてくるのでした。

幼児の柔かなかわいい肉の感触は、まだかすかに覚えている気がします。けれども、皮を弾じいてのびてゆく、白い粉をふいた若竹のようなすがすがしい少女の肌の弾力が、未知の触感として、ひどく私の好奇心をそそつてくるのでした。

私の肉と骨をぬきとつたエイコの肉体が、この東京のどこかで（私は別れた夫の現在の住所をあえて知ろうとしませんでした）いきいきと、女としての成長をとげつつあるという実感が、この時、はじめて私を捕えたのでした。

ぞつとする恐怖にちかい冷い感覚が、湯のなかの背筋をつらぬき走りました。気味が悪い――実際、気味が悪いとよりいいようのない気持がします。気づかぬうちに、自分の影が自分からぬけだし、こつそり生きつづけている——。

お産の苦しみを私は何ひとつ覚えていませんでした。

北京の西単のおしつこ臭い胡同の奥の安産院で、八月のある暁け方、私はエイコを生んだのでした。夜明け前、体の異和を夫に訴えて、洋車《ヤンチヨ》で病院へ運ばれてゆく二十分ほどの、西単大路の暁闇の、影絵のような静けさだけは、不思議にありありと記憶しています。洋車の上から、大陸の空をちりばめた星のきらめきを仰いだ時、私はかるい目まいに酔い、星が瀑布になつて、私の中へなだれこんでくる錯覚におち、今こそ、おなかのこどもに生命が宿つたんだと、ひどく感傷的になつて涙ぐんだものでした。ところがそれから三十分もたたないうち、私は病院のベッドの冷いゴムシーツの上で、およそロマンチックとは縁遠い、現実的な姿態をとり、ころりとエイコを生みおとしていたのでした。

お産の軽かつたことが、高尚でないように思われ、私は夫や医者にひどく恥しく、情ない想いをしたものです。

エイコの為に用意して、私が縫つてきていたベビー服のひとつびとつは、どれもみんなひどく大きすぎ、その日のうちに病院中の笑い話にされて伝わつてしまいました。私はそれらを、出産に関する本と首つぴきで、いちいち用意したのですけれど、布をたつ時になると、どうしても本の寸法通りでは、お人形の着物のように小さく思われて頼りないのです。じぶんのふくらんだおなかをつくづくながめては、少しずつ、少しずつと、大きくはさみをいれてしまつたのでした。でき上ったベビー服も下着も、本の寸法の二倍はあり、首あきなど、赤ちゃんの頭がすっぽりぬけてしまうほど大きくなっていたのに、私は気づかなかったのです。

「おすもうさんの赤ちゃんでも生むつもりだったの？」

しっかり者の助産婦は、私をさんざん、からかったあげく、並よりもずっと小さかった私のこどものために、手ぎわよくその衣類にあげをしてくれたものでした。

学校を出るのを待ちかねて嫁いで、もうその翌月には、エイコをみごもってしまった私は、娘から妻をとばして母になった気持でした。そんなせいか、エイコを可愛がるというよりも、赤ん坊のエイコにひきずりまわされるかたちだったのです。授乳の時間も離乳の予定表も、エイコの泣き声で片っぱしから破られ、赤ん坊といっしょになって泣き出しながら、私はもうめちゃめちゃに、エイコに乳首をおしあてるのでした。

そんな不器用な、稚っぽい母が、成長したエイコに感謝されることがあるとすれば、生後一ケ月から一日もかかさずしてやった乳児体操と、わきの際にかくれるようにうえた種痘のあとなどの、つまらない心づかいくらいなものでしょうか。

今、私が成長したエイコの顔も姿も想像のしようもないと同様に、エイコにとって、私は影よりも頼りない存在でしょう。エイコが四つの時、捨てさった私は、かつて一度も、エイコから、将来母と呼ばれたいなどという、大それたことは考えたことはありません。

なぜ、私が、世間的に申し分のない夫と、一人の娘を置いて出奔しなければならなかったのか――今更、それを整然とした理由などで説明するのは嘘だと思うのです。言葉にすればなるような、ちよつとした動機や理由は、あるにはあつても、今となつてみれば、私には、それらがみんな、ナンセンスな言いわけとしか思われないのです。

ある日、ある時、ふつと、自分の全存在が奇妙な、自信のないものに思われ、過去の自分と何一つ関係のない新しい自分になつてみたいと、心ひそかに思わなかつた人間がいるでしょうか。私はただ単に、その想いをつらぬいてみたにすぎないのです。あんな無謀な蠻勇《ばんゆう》が、私のどこにひそんでいたものか、今でも私には不思議でなりません。

終戦になつて、内地に引揚げてみると、まさかあんな田舎町がと、安心しきつていた故郷は、山と川だけのこし、一夜のうちに焼けつくされた跡でした。

修身も道徳も、もう何ひとつ信じることは出来ません。露ほどの疑問もいだかず、教えられたままに信じこんできた愚直なまでの素直さは、反作用の原理を証明して、みごとな百八十度の転回をとげるのは造作もないことだつたのです。

それまで、夫だからという理由で、愛しているものと信じて一瞬も疑わなかつた夫に、私はひとかけらの愛も持つていなかつたような気がしてきたのです。

「エイコはどうするんだ? こどもに対する母の責任を思わないでいいというのか」

怒るといよいよ端麗に目鼻立ちのきわだつてくる夫の、それがとつておきの切札でした。

「お前には母性愛がないのか。それでも人間か!」

夫の怒声に、私ははつと、目をはじかれた気がしたのです。私はそれまで、エイコだけは誰にもまして愛していると思いこんでいたのでした。けれども、私のエイコに対する愛情だつて、単なる習慣と惰性の上に組み立てられた、蜃気楼のような幻ではなかつたでしようか。夫だから愛するものと思いきめていたように、こどもだから愛さなければならぬと信じこんでいたのかもしれない——私はもう、エイコに対する自分の愛も信じられなくなつてしまいました。

父親に似てぱつちりと整つた目鼻立ちのエイコは、目の表情だけがおかしいほど私そつくりに目まぐるしく動くのです。この子に、私が母だからというだけの理由で、愛を無理強い出来ないように、私だつて、エイコに、子だからというだけの理由で、絶対の愛を感じなければならぬ鉄の規則なんて、ある筈がないのではなかろうか——。

もうその後はめちやめちや。私は、それから半気狂い扱いにされ、軟禁状態になり、その中から二度も三度も抜け出しては引き戻されたあげく、とうとうある朝、夫の拳が私の顔の真正面にとんできたのです。当然の怒りの爆発でした。顔中、お化けのように腫れ上るまで殴りつけられました。私はそのはずみを捕え、永久に夫の家を飛び出してしまつたのです。

はずみ——たしかに、私の離婚などは、もののはずみにすぎなかつたと思われてきます。

夫との別れが、はずみで決定的になつたように、私と亮吉との仲のきつかけも、今になつてみれば、すべて淡々《あわあわ》しく、やつぱり、ふとしたはずみで、傷だらけの魂が二つ、偶然もたれかかりあつてしまつたように思われもするのです。

亮吉のつまらなさが、いくら日を逐つてはつきりしてきても、物の価値判断のどんでん返しになつてしまつた私にとつては、今更驚くことはないのでした。自分で描いた自分の誤解に、自分で気がつき、目を洗われてゆく自由さには、私なりの倫理が、案外整然と構成されているのでした。

亮吉の頼りなさも、意気地なさも、無能力ぶりも、すべてをふくめて亮吉という、私のさぐりあてた奇妙な人格を、私は愛しているのかもしれません。何がどうと、説明できないけれど、私の心の表皮が、しつかりと亮吉の心に感応出来るのです。これが愛というものなのでしょうか。この世の中で、やつとただひとつ、信じられるものと、私のさぐりあてたものは、こんな頼りない幻のようなものだつたのでしょうか。私の夢に描いた自由とは、こんなみすぼらしい色も香もぬけたものだつたのでしょうか。

「おれがもし、こどもを育てられるだけ稼げるようになつたら、生んでくれるか？」

性こりもなく、まだ亮吉はそんなことをいいます。

「そりや……もう……でも、あと四五年たつたら、ほんとにおばあちやんになつてだめよ。まあそんなキセキおこりつこないな」

私は例によつて笑いとばしてしまうのです。私には、そんなにしつこくいう亮吉が、ふと気味悪くなるのでした。卵をうみつけてしまえば、自ら死ににゆくという、魚族の一種のように思われてきたりします。私にこどもをつくらせておいて、亮吉はこつそり、ひとりで死んでゆくつもりなのではあるまいか――

「いやっ！　死んじやいや！　ひとりで死ぬのずるい！」

私はがばと、亮吉のあばらの浮いた胸にのしかかると、亮吉の薄い背に爪をたて、激しく泣きだしました。そのせつな、そのような姿勢で、そのように激昂したある夜の相が私の胸をかすめてきました。

たつた一度、私はぜがひでも、亮吉の子がほしいと、希つた夜がありました。

亮吉と町のホテルに泊り歩く金も尽きはてて、とうとう亮吉が私の部屋に来るようになつた頃の冬のはじめでした。

亮吉の肩に頭をあずけ、亮吉の腕にくるまれて、その時、私はひどく自分がかわいらしい小さなものになつたような気がしていました。ピアノのキイを叩くように、亮吉の浮きたつたあばらを一本一本、指でおさえながら、私は亮吉のおだやかな呼吸の中に、きらめく泡になつてしずみこんでしまいたい気がしました。真空になつた世界の中に、亮吉と私の愛だけが、銀のくらげになつて漂い流れて……憩ということばは、このような時のみをあらわすためにつくられたのではないかしら……見上げる私の眼を、亮吉の眼がたまらないふうに、じつとみつめかえしていました。私はそんな風に亮吉に見つめられることが、どんなに好きでしよう。亮吉にこうして、私の一番好きな見つめられ方をしたまま、永遠にさめることのない憩に溺れこんでいけたなら……水をのみ下すよりもつと自然にそう思えてきたのです。

「ね、死にましょうね。ね、ふたりで――」

私はうつとりと亮吉の胸に囁いていました。その瞬間、私の指に伝つてきた亮吉の胸のどうきが、ひどく騒々しく乱調子に鳴りだしたものです。あきれて、そつと亮吉の顔をうかがうと、亮吉は顔面蒼白、目の中までさつと蒼ませ、乾いた唇をぱくぱくあえがせ、ひたいの縦皺をますますぎゆつとひきつらせると、

「死ぬよ……死のう……でも、もう少し待つてくれ」

とたんに、私は興ざめ、さあつとのぼせがひいてゆき、何もかも馬鹿らしくなりました。

そのころ、亮吉は、貞淑で申し分ないかしこい奥さんに、まだ私のことはかくしていたのでした。ふだん、口ぐせみたいに死にたがつてるふりをしながら、私に死を誘われた瞬間、うちのこと、奥さんのこと、かわいい一人娘のことが頭いつぱいひろがつてきたにちがいないのです。

「いやよ！　うそよ。亮吉なんかと死んでやるもんか！　亮吉の子つくつてやるんだ。亮吉の子おなかにいれていつしよに死んでやるんだ」

私はヒステリーの発作がおこつたように目を吊りあげ、わなわな全身でふるえながら、自分でもびつくりするほど狂暴な馬鹿力を出して、あつけにとられた亮吉の上にのしかかつていきました。

「ナミ！　ナミ！」

亮吉は私の異様な見幕に、ぎよつとしたらしく、これもまたふだんには想像の出来ない馬鹿

力で私をはねのけました。ふとんの上に起き直った亮吉は、まだあばれつづける私の手足をぎゅうぎゅうおさえつけてしまいました。

「いやだっ！　はなしてっ！　はなせ！　亮吉の子つくってやるんだ」

亮吉は私の細い肩をわしづかみにすると、無理矢理、私を起き直らせ、がくん、がくん、首が抜けるかと思うほどゆさぶりつづけます。

その亮吉は、まだ私の部屋では自分用の寝まきを持たず、大がらな、あざみのうきたつ私のゆかたを着て、赤と水色たづなのだて締めを締めさせられているのです。興奮がしずまるにつれ、私の涙でいっぱいの目に、そんな亮吉の珍妙なかっこうが、無性におかしく映ってきました。私はいつのまにやら、泣き声のかわりに、息がとまりそうなほど、むせび笑いをしつづけているのでした。こんなおかしなかっこうの男の、こどもなんて生めるものではない——泣き笑いの中で私は自分につぶやいていました。

もしかしたら、亮吉に、こどもがほしいなど、とてつもないことを考えつかせたのは、あの夜の私の、狂気がきつかけなのではあるまいかと、私はこつそり、後悔もしています。

その後も亮吉は、相かわらず、一向にうだつが上る様子もなく、すること、なすこと、へまばかりで、ばねじかけの首ふり人形みたいに、自分の家と、私の部屋を二時間半も電車にゆられ、往つたり来たりしています。

そうしてまた、私はそんな亮吉との、みじかい別れに、いつまでたつても馴れることの出来ぬ自分に腹を立てながら、やっぱり、のこのこ東京駅まで送ってゆかずにはいられないのでした。

亮吉の電車が動きだすのと同時に、くるりと、背をむけ、雑踏にまぎれこむのが、せめてもの私の自尊心の名残りなのでしょうか。

そんなある日の別れのあと、私は駅前のデパートの人群に混っていました。エレベーターで無目的に運ばれている時、私ははじめて、このデパートで、M寺の宝物展が開催中なのを知りました。

長い見物人の列に加わり、亮吉の後を追う自分の心から目をそむけたくて、私はのろのろ、さして興味もない虫の喰った経文や、仏像の絵姿などの前を通りすぎていました。

その時、出口に近い窓際に立った立像に何気なく目をひかれていったのです。

五十糎《センチ》ばかりの木彫のその女神像は、極彩色に色どられています。吉祥天女風のはでやかな衣裳をつけ、白紅色の豊頬の、ゆるく笑った表情は、写実的なあまり、ひどくみだらがましい印象をあたえました。女神像というよりも、それは情欲の匂いのする一個の女とみえるのです。

じだらくに下げた右手の端に吉祥果《ざくろ》をつまみ、あいた左手で不器用にまるはだかのこどもを抱きあげていました。ひっくりかえされた獣のような形で、両手と両足を天にあげたこどもは、物いいたげに、女神の豊かな胸の上から、じっとその顔を仰ぎみています。けれども、女神の眼差は、そのこどもにはそそがれていず、どことも知れぬ空間に、茫漠と見開かれているのでした。

その眼のはるかな表情だけが、女神像の安つぽい豊満な肉体から浮び上つています。

訶利帝母《かりていも》——女神像の足元の木札に、墨色鮮かな四文字がおどつていました。その後にこまごまとつづく鬼子母神縁起よりも、私は女神の眼だけに、しだいに捕えられてゆくようなのです。胡粉の中に墨をいれただけの、なつめ形の木像の眼がその時、不意に、いきいきと、またたいたのを、私は見たと、思いました。

亮吉の子をいだいた、安心と不本意のいりまじつた自分の眼の色をみせられたのでしょうか。いいえ、この眼の見ているものを、私だけは知つているのだ——いつか、私はゆるく唇をあけかすかに頬をゆるめているようでした。その像と同じ笑いに。

牡丹

はじめてこの離れを訪れた時、亮吉は、庭の陽ざしの燦めきにすつと、背をむけ、一間廊下との境ぎわ近く、六畳のはしに、ぐにやつと横坐りした。

通りすがりにのぞいた駅前の周旋屋に案内されて来たこの家は、頭に描いていた部屋とは、格段のかまえだつたのに、まず、わたしたちは気おされしていた。手入れのとどいた檜葉垣の中に入ると、二百坪あまりの庭の真中に、ぽつんと隠居所風の小じんまりした家が立つていて、その離れが周旋屋に出されていた部屋であつた。

気ままな老婦人ひとりの隠居所だといわれるこの家は、家中のまわりをめぐる廊下のガラス戸も障子も、いつぱいに明けはなされ、さわやかな微風が、せいせいとふきぬけていた。晩春とよぶには、さいごのような陽ざしの中に、すでにたけだけしい夏の光がしのび込み、庭の緑を白く燃えたたせている。温気をはらんだ緑の反射が、真新しい畳の青さを、いつそうすがすがしく染めていた。

七十と聞かされた年齢よりは、十は若くみえる身ぎれいな老婦人が、小柄なからだを無駄のない動作で、ひたつと、わたしたちの前に坐つた。

「こどもがきらいでねえ、じぶんの孫と居るのもうるさくて、こんなわがままな暮し方しているんですよ」

こどもを生まないという風変りな条件さえなつとくしてくれるならと、一目でわたしたちを気に入つてくれたらしいのが、かえつて、こちらの卑屈なためらいをふかめてくる。

「おばあちゃん、今年は花はだめだったね」

商売の勘で、もうこの取引はきまったものと、安心しきったふうに、周旋屋はのんびり、庭の花壇の前につったっていた。

「そうさ、この春は、また胆石がおこって……ほんとなら、今ごろ、一ばん花ざかりなのにねえ、でも、ほら、まだ牡丹がひとつ」

「おっ、こいつはみごとだ。葉のかげで、気がつかなかったよ」

「明日でおしまいだね、それも……」

大輪の白牡丹がひとつ、重なりあった葉かげに、ひっそりと咲きためらっていた。わたしが目顔で示す方へ、亮吉がものうそうに首だけねじむけた。ちらっと池の向うの、ひくい牡丹の木のあたりに目をやると、すぐきゅっと、眉をよせ、女あるじの方へむきなおった。初対面の人前を遠慮してか、あぐらもくめず、ぶざまに長い足を横にねじらせて、腰をおとした亮吉の片手を畳についている姿が、女形のしなのようで、わたしの頬があつくなった。亮吉の身につけている流行おくれの背広やネクタイのいたみが、このすがすがしい部屋では、ことさらきわだってみえるようだ。

――せめて、もっと毅然としていてくれなくちゃ――

わたしの気づかいをよそに、亮吉と年よりは、亮吉の故郷の温泉の話など、のどかにはじめていた。

「え?」

いくらか耳どおいのか、右の耳を声のひくい亮吉の方へかたむけるように、やわらかく上体をのりだした年よりの、肩のあたりに思いがけないなまめかしさがにじみでていた。全身で、亮吉との話を愉しんでくれているらしい老婦人のようすに、わたしのなかで、はじめてしこりがとけていった。

思いきって借りることに決めたその帰りみち、わたしは心のみちたりている時のくせで、亮吉にからだをよせて歩きながら、人目にしれないように、そっと亮吉の上衣の裾をつかんでいた。

「ね、あのおばあちゃん、いいわね」

「うん」

「亮吉のこと、とても好きだったみたい。あたしより気にいってるようだったわね。うれしくなっちゃった」

「……」

「牡丹も、きれいだったわ、大輪の、まっしろ……」

「みなかった」

「えっ」

「まぶしすぎたよ」

すっと心が翳って、わたしは亮吉の服から手をはなしていた。ひたつひたつと、仕舞いの歩はこびのような亮吉独特の、音のしない足どりは乱れていない。

「ねえ、めがねかけたら……」

「鼻のあたりがうるさくて、いやなんだよ」

この歩き方も、そういえば……はじめて気づいたように、わたしは亮吉の靴先に目を落していった。

亮吉とかかわりを持つようになったはじめのころ、相手をみつめる時の亮吉の、意地悪そうな陰気な目つきや、そのくせ、少し見つめかえされるとすぐふっと、そらせてしまう弱々しい視線の流れに、わたしはかなり、苛立ちをおぼえさせられた。亮吉の過去の、四十をすぎる今までむくわれたためしのない生活の不幸が、亮吉の表情に、そんな陰欝な翳をつけてしまったのだろうかと、わたしはじぶんの若さで、亮吉のそのような暗さもぬぐってみせようと、気負いたつ思いであった。

亮吉の眼に、変調のきざしのあることは、亮吉がわたしの部屋へ泊るようになってまもなく気づいていた。親しむにつれ、しだいに発見していく、お互いの奇妙な癖やあらのひとつびとつがふたりのきずなを強める結び節のようにさえ、受取れていく一時期であった。

そんなある時、わたしは町で亮吉と待合せたことがあった。小さな喫茶店の、わざと薄暗くした部屋の隈で、入口を見つめていたわたしの眼に、長身の亮吉の、広い肩巾が映ってきた。部屋の中の暗さのわりに、カウンターのある入口のそこだけは、外の陽光と店内の螢光灯がまざりあつて、はなやかに明るく、亮吉のかげの濃い顔の表情まで、くつきりと映しだされていた。ここよ、ここよ、口の中でつぶやきながら、目で呼びよせようと、上体をのりだすようにしていたわたしの頬が、冷たく硬ばつてきた。

人よりずつと切長の、大きな眼を、せいいつぱいみひらき、わたしをさがしながら、ゆらゆらとすすんでくる亮吉の、眼も眉も、みたこともない頼りなげな表情に煙つている。薄明の海底で目をみひらき、水をかきわけて歩く人間が、こんな顔つきをするのではないだろうか――亮吉のその表情は、とつさにそんなことをわたしに思わせるほど、弱々しくせつなくみえた。

めくらの日だ――その時、はじめて、わたしは亮吉のほんとうの不安をだきとめたと思つた。やはり、亮吉の眼は、盲点が普通人よりもはるかに広く、それがふせぎようもなく、しだいに拡がりつづけていく奇病を、何年か前から、かくし持つていたのだつた。明るさに背をそむけたがる亮吉の陰気めいたしぐさも、亮吉の生理が強いる癖だと、やつとうなづけた。

ものを書くこと、たとい、売れても売れなくても、それひとつしか能のない亮吉が、全く視力を奪われる日が、来ないともかぎらないのだ。亮吉とのなかは、まだ月日も浅い筈なのに、わたしは亮吉の宿命を知つた時、まるで、自分のおかしてきたうしろめたい罪の罰が、今ふいに亮吉の身にあらわれたのではあるまいかと、不条理な恐怖に背筋を冷していた。

若さの無謀からとはいえ、平穏無事と世間からみなされていた家庭をとびだし、ひとりの幼いこどもまでみすてて、生きてきた女ひとりの、数年あまりの生活の内実は、わたしが無意識に世間へ誇示してきたポーズほど、毅然とも、玲瓏とも、したものではなかつた。亮吉を識るまでは悔いたことのない心に、わたしはふと、何物ともしれぬものに、かすかな怖れをいだくようになつていた。

その上、わたしはまだ、亮吉に妻と娘を裏切らせている。

亮吉の眼疾が、亮吉のさけがたい十字架というなら、わたしは亮吉の不幸を背にはりつけ、生きたいと思いはじめていた。中年すぎた男と、三十の声をきいた女との恋の色が、透明であろう筈はなかつた。

訪れる度がはげしくなるにつれ、亮吉が下宿の家人にする気がねをみかね、思いきつて、新しいふたりの部屋をみつけたことは、かえつてわたしじしんのうちに、新鮮な生への意欲をかきたてたようであつた。やすみのない不安と恐れのないまじつた心の緊張のさけめから、時としてほとばしりでる激情は、あつい雨滴のようにわたしの全身にしぶきかかり、焼けつくように燃えあがらせた。

そうしたあとでは、なおいつそう、亮吉の無為な日々が、壊れやすい精巧な機械ででもあるように思われ、わたしは心をかたむけて、いたわりまもろうとするのであつた。

※

離れをとりまく広い庭には、花壇の草花のほかに、いちぢく、ざくろ、梨、梅、桃……季節の果実がたわわにみのり、やがてまた、春が爛《た》けた。

その年は手入れがゆきとどいたため、檜葉垣から離れまで、ひろびろとつくった花壇に、花群の純粋な色彩のゆたかさが、もりあがりあふれていた。

亮吉の来ない日がつづき、わたしは南風の午后を、花の中にいた。

花壇の中央に、三株かたまつた牡丹の一株に、今、さかりの花がゆらめいている。葩《はなびら》は、凝つたあつみのある紫紅色に艶めき、黄金色の花蕋《はなしべ》をやわらかくだいていた。蕋は花の精気をそこ一点に凝り固まらせてでもいるのか、不思議な圧力をうちに湛え、今にも金色の火花をふきあげそうに力づよく気おいたつてみえた。この前亮吉の帰つていつた日には、まだ蕾のさきが、やつと色づき、ほぐれかかつてみえたものだ。

来ない日々には、かならず毎日よこす亮吉のハガキも、もう三日とだえていた。電車で二時間ちかく離れた、海辺の町に住んでいる亮吉との距離が、無限にのびていくようなめまいをよぶ。

病床の亮吉を想い、わたしは心がぎしぎし響をたてて、ひきつるようであつた。ハガキを出すための外出もできないということが、亮吉の病気の重さをおもわせて、わたしを圧しつぶしてくる。病気以外の事情で、亮吉のハガキが来ないのではないかという想像は、わたしには考えられないことであつた。せめてもの心づかいと遠慮から、決して亮吉の家へは便りはしないと、じぶんから決めてきた習慣に、わたしはいらだち、身もだえていた。何度くりかえしても、永久に慣れることのないとおもわれるはげしい心の痛みであつた。

いのちのみじかい、このひらききつた花は、亮吉の訪れまで待つてくれそうもない。

去年の白牡丹は今年もおそく、まだ蕾も固い。

かすかな木戸のあく音にふりむくと、逆光線の中に、思いがけず、みなれた黒背広が立つていた。

声も出でないでチロッと舌をだしてみせたわたしの方へ、泌みるような笑い方をしながら、亮吉が、案外しつかりした足どりで、つかつかと進んできた。また一鑿《のみ》えぐりとつたように、きわだつてこけてしまつた頰が蒼白く、あわてて剃りのこしたらしい鬚《ひげ》が、とがつた病後の顎にばらついていた。

いきなり、わたしの薄い肩をつかんで、匂いをむさぼろうとでもするように顔を近ずけてきた亮吉に、牡丹を指さし
「ほら、炎みたい……」

「すごい……」

いいかけた亮吉がとつぜん、うつとかすかにうめき、わたしの肩を突きはなしていた。その場にゆらつとしやがみこんだ亮吉のズボンの膝に、姫矢車のるり色がむざんに押しひしがれた。両手で顔を掩つている亮吉は、身動きもせず、指がしつかりと眼をおさえつけていた。

「どうしたの」

「眼が……このごろ時々こうなんだ……急に昏くなる……」

「いやっ、こわい……」

障子をたてきった部屋に入っても、わたしの目のうらいっぱいに、牡丹のくれないが炎のようにかがやいていた。

亮吉の眼がこのまま視力を失っていくとしたら眼の中は、永遠に、薄墨色の薄暮の世界になるのだろうか。それとも、さいごにみつめた牡丹のくれないのまま、燃えつづけるのであろうか。亮吉のあつくあえぐ胸の下で、しっかりと瞼を合せ、わたしはその炎の中に、じぶんからしずみこんでいこうとした。

そのとき、障子のそとの、かすかだが、びちっと冴えた鋏の音が、わたしたちをふるわせた。亮吉は、上体をねじむけて、そっと障子のすきまをつくり、庭をうかがったが、また音もなく障子をあわせた。

「牡丹、きったよ。一ばん、大きいやつ」

あふれるようにひらいた花に、こどものような無心な表情で、無造作に鋏をいれる老婆の姿がわたしの心に、鮮明な像となって映ってきた。と、ふいに焼きつくすようなあつさがうちから湧き、背骨の芯をつらぬいてはしった。亮吉の爪が鋭く、背肉にくいこんできた。

離れのまわりの樹々は、またそれぞれの花をつけ、約束どおりの実をむすんだ。

その間にも亮吉の眼の盲点は、侵蝕を休めない川水のような執拗さで、じりじり拡がっているものらしい。夕ぐれの弱い光の中では、目の前をすぎる羽虫の姿も、みわけられないようであつた。人一倍、敏感だつた聴覚が、ますます鋭くとぎすまされ、どのようなかすかな物音も、よみわけようと、じつと神経を澄ませる時の亮吉の表情は、そつくり盲人じみ、そんなとき、そのからだ全体が、幽かにけむつているようにみえたりした。わたしはそんな瞬間の亮吉をみるのが怕《おそろ》しく、うなされている幼児の悪夢をゆりさますような激しさで、亮吉の肩をあらあらしくゆすぶるのであつた。

真夜中、ふと気づくと、闇の中に亮吉がめざめ、指先でわたしの顔をなでている。触れるとも触れないともさだかでない、まるで微風のうごきほどのかるやかさで、亮吉の指のはらが、しづかにわたしの頬をなで、鼻筋にさわり、唇をおさえ、耳朶をまさぐつてゆくのだ。指のはらに、わたしの顔をおぼえこませようというのか。

「………」

呼んだつもりの声が、胸のおくふかくでかすれて消えたのを、亮吉の幽かにすみきつた神経はもうよみとつていた。

「目がさめた?」

わたしは不思議な呪縛にかかつたように、身動きひとつならず、息をひそめていた。しだいに亮吉の指の下で、わたしの顔は蠟人形のようにかたまり、呼吸をとめ、血が凍つていくようであつた。

※

桜草、ヒヤシンス、パンジー、アネモネ、クロッカス、チューリップ、姫矢車、石竹、花菱草……花壇にはふたたび花群の彩があふれ、ようやく、わたしはそれらの花々の色に倦《う》み、亮吉の異常な神経に疲れてきた。

この一年の間に、わたしはめつきりふけた顔つきになり、まれに、たんねんな化粧をすると、かえつて亮吉がおどろくほど、じぶんの若さをなおざりにしはじめていた。

わたしたちのあいだには、もうほとんどことばがなくなつていた。亮吉は視力の劣ろえとともに、からだ全体が、ひとつの触手ででもあるようにとぎすまされ、その表情は、うそうそとどこか昆虫めいていた。亮吉と離れている日々にも、わたしはたえず、亮吉の、盲点の拡がつた茫漠とした瞳に、みつめられている重苦しさからぬけることができなかつた。そんなおもいに窒息しそうになる度、わたしは憑かれたように、手あたりしだい花の苗を買いこんできては、もうすきもない花壇の中に、むりやりおしこみ植えつけるのだつた。

「ほんとにいいのよ、送つてくれなくたつて――しんぱいしないで帰つて」

スーツケースにさつきから同じものを出したりいれたりしながら、わたしは亮吉の方にふりむきもしないでいつた。
「それで、いつ発つんだい」
「それが、わからないんですつたら……だつて、いまの仕事のあとに、また何だかよこすつて
いつてきたんですもの……片づけないことには、発てやしない」
　あなたなんか、そばでそれをながめるだけじやないの、そんなはらはらした目つきしないで
よつ、声にしないことばを、意固地にそむけた首すじに固く凝らせ、わたしは手をやすめよう
ともしなかつた。スーツケースをつめることなど、なにも時間をかけることもないのだ。わた
しはどうしても、義理を欠かすことの出来ない肉親の法要に、旬日の帰郷をしなければならな
かつた。無意味な虚礼だと、はらの中で舌うちしているくせに、思いきつてその義理とよばれ
るものを、なげすてる勇気もないじぶんに、わたしは苛だちぬいていた。止められても行かず
にはおられない自分の行動をしつているだけに、亮吉がむりにも止めようともしないことが、
わたしには腹だたしかつた。そのくせ、一刻も早く亮吉の眼からのがれ、汽車に乗つてしまい
たい誘惑が、つよくわたしをそそのかしてもいるのだ。そこには、わすれていた新鮮な空気が
芳ばしくただよいながれ、わたしの旅路をつつんでくれるかもしれない。
「いつ帰つてくるかも決められない?」
「そうよ。だつて発つ日が決められないんですもの」
　わたしはわざと、つつぱなすような口調でいつた。亮吉はたちまち、みじめにしよげた表情

をした。ふたりの中では、いつの時でも、いい分があるのはわたしであつて、生活能力のない情人にすぎぬ亮吉に、云い分のあろうはずはなかつた。亮吉が、今日は娘の誕生日で、貧しい父としての贈物ひとつやれないまでも、せめて晩餐には、揃つて祝つてやろうと約束していることを、わたしは聞かされもしないのにみぬいていた。亮吉の神経が、わたしのどんなささいな心の奥の翳もよみとるその何分の一かは、わたしも亮吉の心のうちをみぬくようになつていた。もしかしたら、わたしの人をみる目つきは、すでに亮吉の盲点のひらいた眼のように、捕えどころもなく茫漠とかすんでいるのかもしれなかつた。

「じや、気をつけていつといで」

「ええ」

亮吉がやつと帰つていつたのを待ちかねて、わたしは大いそぎで鏡の前にとんでいつた。はじめから、今夜発つつもりだつたのだ。

何時間か前に、亮吉がゆられていつた東海道線の上を、わたしを乗せた下り列車は走つていた。真夜中ちかく、亮吉の住む海辺の小さな町を、列車は止りもせず走りすぎてゆく。夜汽車の窓からみる人家の灯は、童話めいたなつかしさにあたたかくうるんでいた。

あのどれかの灯の下に亮吉が、妻と娘と枕をならべて寝ているのかと、わたしは固いシートのすみで、じつと自分の膝をだきしめていた。わたしにするように、亮吉はあのやせた腕で、妻の首をまいているのだろう。みたこともない、亮吉の妻をわたしは思いえがくことはできない。天井をみあげた亮吉の寝顔を、にぶく光る車窓のガラスに描いた瞬間、わたしはぞつと鳥肌だつて目を掩つていた。頬骨の出たやせたミイラのような亮吉の顔には、眼窩が昏く、底しれぬ二つの穴となつて、不気味にえぐりとられていた。真暗な二つの穴はしだいに大きく拡がりながら、夜汽車の窓にはりつき、わたしを追いつづけようとする——逃げても、もがいても、その二つの空洞は、わたしをしつかりととらえて、離さないもののようであつた。

旅は惨憺として終つた。

義理とか人情とかよばれるまやかしの美名の仮面でつつまれた、僞善と虚飾だらけの中に坐つて、わたしは自分が、水底からまよいでた魚族ででもあるように、ことばを失つていた。無意味に座敷をとびこう白い盃のかげを、ぼんやり追つていたわたしの眼が、ふと気づくと、車窓にはりついてきた真暗な亮吉の眼窩にかわつていた。腋の下を冷いものがつたわり、わたしはひきつるようなかん高い笑い声をあげた。

夜ふけ、国電の駅におりると、わたしは、こどものように息をきらしてかけだしていた。駅から二分ばかりのわたしたちの部屋まで、わたしは一息もつかず走りつづけたかつた。待つているはずもない亮吉の名が、むせかえるように胸の底からあふれでてくるのだ。広い隣家の庭をとおして、わたしの離れの屋根がみえた。

部屋の灯の色……亮吉が、いつから待っていたのか。駅についた時からのわたしの足音を、亮吉は聴きとっていたというのだろうか。窓があき、灯を背にした黒い影が、じっとわたしをみつめていた。両手にボストンバッグをさげたわたしは、手をあげもならず、亮吉から見えるわけもない暗い道路に、ぴょんぴょんとびあがってみせた。

木戸をあけると、亮吉がもう、灯をさしだしながら暗い庭におりていた。駈けよってゆくわたしに、亮吉がスタンドの灯をのばしながら笑った。

「ほら」

みると、スタンドからふりこぼす黄色い光りの輪の中に、炎のように燃えさかって牡丹の花辨がきらめいていた。枝いっぱい、とっさにかぞえきれぬほどの大輪の花の、やわやわともりあがったゆたかな淡紅色のかさなり。わたしは思わず、うめいていた。

去年の紫紅色とも、一昨年の白牡丹ともちがう三株めの花は、そのどれよりも華麗に、絢爛にゆたかな花をいのちのかぎり燃えたたせている。

「きれいだろう。はやくみせてやりたかった。あしたはもうちりそうだ」

亮吉の声が、眼が、触角が、ふたたびわたしをすきまもなくつつみこんでくる。その時わたしは気づいた。玲瓏とした花の精気が放つ、虹色の毫光《ごうこう》かとみまがっていたものは、音もなくけむりはじめた、夜の霖雨のきらめきであった。

わたしは顔をあげ、亮吉の昏い眼の中をまじまじとのぞきこんでいた。亮吉の瞳の闇にも、この刹那、牡丹の炎が燃えさかりゆらめいているであろうかと。
ふりあおぐわたしの頬にも、口の中にも、霖雨はつめたく、ふりそそいできた。

川風

鯛焼きを買って、社へかけ戻ろうとした時、角のパチンコ屋の奥まった台の前に、社長の小峯の横顔をみつけた。文江は足音をしのんで小峯の後ろに近づいた。銀色の玉は、にぎやかな音をたてながら、おもしろいほどころがりでていた。小峯の色の白い長い拇指が、機械のように規則正しく動いている。ふりむかないまま、小峯がひくい声でいった。

「おいしそうな匂いだね」

文江は赫《あか》くなって、くくっと喉の奥で笑った。鯛焼きのあたたかさが、黄色いセーターをつきあげた乳房の下に押しつけられた。

「前島さんと久米さんであみだしたんです」

いいながら、文江は自分のまるい顔が、パチンコ台のガラスに小峯の顔と並んで、映っているのに気がついた。

小峯の出した玉で、羊羹とビスケットの箱をとり、文江は小走りに社へ帰った。がらんとした編集室の真中で、火鉢に足をのせながら、椅子の上に紙将棋をひろげ、前島老人が紙屋の川田と向いあっている。

「久米さんは?」

「電話がかかって、行っちゃったよ」

「ガールフレンドとデイトでございい、か!」

川田が将棋にうつむきこんだまま、調子をつけてつぶやいた。

岩佐文江の勤めている小さな出版社の、春秋社が不渡手形を出しかけて、高利の金で急場を逃れたのは、この夏の終りであつた。無理に無理を重ねた屋台骨のもろさは、それから三ケ月余りの日を経た今では、もう収拾のつけようがなかつた。月刊雑誌「女性サロン」は、すでに休刊二ケ月めだ。印刷屋は、しぼりあげたところで返本の山しかでてこないこのちつぽけな社に、見切りをつけたらしい。印刷代の督促にも来なくなつた。七人いた社員も、今後の身のふり方に、それぞれの立場で奔走しているらしく、ほとんど社によりつこうとしない。社長の小峯と、六十五才でここ以外、どこに行き場もない会計の前島老人が、毎日、惰性のように出てくるほか、アルバイトで来ていた夜間大学生の久米が、時々ふらりと顔をみせるだけだ。

給仕上りで校正を手伝つていた岩佐文江が、今になつても、九時には社に来て、はたきをかけ、内職にしているという編物をしながら、社長と老人を待つているのが、不思議なくらいだ。春秋社がつぶれたら共倒れだという紙屋の川田だけが、表面の暢気そうなそぶりとは正反対の、ぎりぎりに追いつめられた悲壮さで、ほとんど連日、社にやつて来た。五百円でも、なければ電車賃だけでも小峯からとらなければ帰つて行かないねばり強さであつた。

文江は、パチンコの菓子を、そつと、前島老人のふろしきにつつみこむと、鯛焼だけを二人の横に出し、白湯をついだ。この部屋では茶の葉もとうにきれていた。すばやくオーバーをつけると、文江は老人に気づかれないように、小峯の黒皮の手袋と、グレーのマフラーを、オーバーの下にかくした。

「あの、あたしも、今日、失礼させていただきます」

入口から文江は前島老人に声をかけた。思いがけず一オクターブ上ずったじぶんの声に、文江はかつと、頰があつくなつた。

パチンコやへ駈けもどつた時、文江は小峯の背後で、はあはあ、あえいでいた。小峯の台では、玉があらかたなくなつていた。投げやりに最後の玉まではじきとばすと、はじめて小峯はふりむいた。眼鏡の奥の目の下に灰色のくまがうき出て、疲れによどんだ顔色をしている。疳性らしく、手を洗つた小峯に、文江は手袋とマフラーをさしだした。小峯の目の中に、ちらつと笑いが走つたのをみて、文江はやつと、心が軽くなつた。つりこまれるように、首をすくめてみせて、

「川田さんが来ていました」

と、内緒ごとのように声をひそめた。小峯は、ふんと、鼻をならしただけで、小さな文江の肩を押し、店を出た。

大型の流しの車の中におさまつてからも、文江は胸の奥で、いつになくことことと鳴りつづける心臓の音が気になつた。小峯に聞かれそうで、そつと腰をずらし窓際によつた。小峯はシートの背に頭をなげだすようにして目を閉じている。

さつきパチンコやで、突然小峯がつぶやいたのだ。

「岩佐くん、どつかへ行こうか……帰る支度をしておいで、ぼくのマフラーと手袋もね」

きよとんとして、つつ立つた文江に、いつものように小峯が、玉の並んだプラスチックのピンクの盆を何枚も渡した。小峯がこのごろ、社のデスクからふつと姿を消した時は、たいていパチンコやで玉をはじいていることを、文江だけがみつけていたのだ。前島老人や久米は、今でも文江をパチンコの名手だと信じている、文江が持ちかえる煙草や菓子を、文江の戦利品だと思つていた。パチンコをする小峯の後ろに、そつと、文江がよりそつて、見守るようになつてから、どれくらいになるだろう。これまで文江は、小峯から一度も、お茶に誘われたことさえなかつた。

——かわいそうな社長さん……——、

文江はそつと、口の中でつぶやいた。目を閉じて、濃い眉をよせた小峯の顔は、ひどく老けてみえた。唇をきつく結ぶと、意外にこけてみえる頰に、縦じわが一本ふとくついている。小峯のはじくパチンコの玉が、にぎやかに出れば出るほど、見ている文江には、小峯の苦悩が、せつない音をきしませているようで、胸がつまつた。

——かわいそうな社長さん……——

いつのころからか、文江の口ぐせになつていたことばが、こうしてはじめて小峯とふたり、近々とタクシーに並んだ今も、ついと、口をついて出そうになる。

あたしのような者を誘つて、どこかへ行きたがるなんて、よくよく淋しいからだ……そう思いやると、文江は小峯の心の昏さをのぞいたようでせつなかつた。

文江は十八だけれども、小柄なので十六七にしかみられない。からだの発育も遅れているらしく、十七の春まで初潮をみなかつた。

赤ん坊のような薄い皮膚をしていた。一重瞼の眼が細く、はれぼつたいところが、なまめいてみえると、紙屋の川田が噂したなど聞いても、文江はとりあわない。幼い時からきりようが好く、才気の勝つた妹の華江と、何かにつけて引きくらべられるくせがついたので、じぶんのことを不きりようで、気が利かないと信じこんでいた。満洲から引揚げて二年めに、華江が京都の踊りの師匠に貰われていつたのも、華江のきりようと才気のせいだと、文江はかえつて、妹の幸運を誇らしく思うようなすなおさだつた。

「岩佐くん、あとの勤めには心当りがないのかい?」

眠つているのかと思つた小峯がふいにいつたので、文江は声も出ない。

「よくやつてくれたが……どうにも年が越せないよ。きみは……伯父さんの家にいるんだつたね」

「はい」

「御両親はたしか……」

「父はソ聯へつれていかれて死んだそうです。母はハルピンから引揚の途中、列車からふりおとされて死にました」

入社の時にも、同じことをきかれ、同じことを答えたと、文江は思い出した。

中学を出てすぐ、春秋社の入社試験を受けた。二親のない者はと、編集長が文江を落そうとしたのを、社長の小峯が、おっとりしているところがいいと、ほとんど一人で文江を支持してくれたのだという。学校の成績も中位で、特技もない文江だった。そうした事情は、ずいぶん後まで文江は知らなかったが、初出社のその日、椅子を腰高の火鉢にぶっつけ、火鉢をこわして灰かぐらをあげるという大失敗を演じた。その時、気が短い編集長に、顔もあげられないほど、どなりつけられていたのを、小峯が横から

「緊張しすぎていたんだね。そんなに堅くならないでいいんだよ」

と、何気なくとりなしてくれた嬉しさを、文江はいつまでも忘れないのだ。

高校は夜学に行きかけたが、昼間、せいいっぱいに気をはりつめて社に勤めるので、学校の机では、居眠りがでるほど、疲れきっていた。もともと、勉強より、手仕事の好きな性なので、一年で、あっさりやめてしまった。

そのかわり、二年めには、いくらかのろいけれども正確さでは社内一番という校正の腕をみがいていた。ところがその頃から、大資本業社が、次々競争誌を発行しだし、目にみえて、「女性サロン」の売行がおされてきたのだ。

文江は、小峯社長に対するじぶんの気持を敬愛以外の何ものとも考えたことはなかった。ただ、小峯が金策に走りはじめ、終日、社に姿をみせない日があると、文江は家に帰っても、忘れものをしてきたように心が落着かなかった。

小峯が居たからといって、せいぜいお茶をいれていくか、ピースを買いに走らされる程度の交渉なのに、それでも、文江は小峯の来てくれた日は心が和んだ。

社長のパチンコをみつけてからは、文江はときおり、夢に社長とパチンコをみることがあった。夢では文江は小峯の後ろにだまって立ってばかりはいず、小峯にだかれるような形で、小峯の前におり、その掌にみちびかれて、パチンコをはじいているのであった。覚めて、小峯の手の温さの、なごりもとどめていないじぶんの掌を、目の上にかざしてみながら、文江は心があたたまっているのを感じた。

「浅草は、どこへつけます」

運転手に訊かれて、小峯がどうする？ とばかり、文江をみつめてきた。

「百花園は？」

じぶんの声に、文江じしんがびっくりしていた。

「ほう、いいとこ、しってるんだね」

「中学の時、先生につれられて、お友だちといったの、今、ふっと思いだしたんです」

「よし、じゃ、百花園だ」

若い運転手は、百花園を知らなかった。

「川向うだよ」

「へえ、料理屋ですか？」

文江は小峯と顔をみあわせてふきだした。

小峯が、半身を乗りだすようにして、運転手に道をおしえている。ふつと、文江は頬がひきしまつてきた。こんな、いきいきした、みの入つた小峯の動作を久しぶりでみたと思つた。

車は勢よく、隅田川を渡りはじめた。いつ、スイッチをいれたのか、ラジオがイヴ・モンタンのシャンソンを歌いだした。

百花園の入口で車をおりる時、ちらつと、メートルをよみ、文江は心がかげつた。がらんとした社で、前島老人と、まだ将棋をうちつづけているだろう川田の四角ばつた顔が心をかすめた。

「いそいで下さい。後半時間ぐらいですよ」

入口で、入園料をとる女が、ふとつた腕から注射針をひきぬきながら、不愛想にいつた。あたりの空気が澄んでいるのか、女のまわりにビタミンBくさい匂いが、濃くたちまよつていた。

「何十年ぶりかな……戦争前の春に来たつきりだ……荒れたね」

小峯はひとりごとのようにつぶやきながら先にたつて歩いた。

森閑とした園内には、句会にでも来ているらしい一団が、矢立を持つたり、手帖をひろげたりしながら、ぞろぞろと歩いていたりする。初冬のせいか、行きあう人影もまばらなのが、遠い旅先にでもいるような錯覚をよぶ。人なつかしい気持をそそられてくるのは、文江ばかりではないのか、小峯がぴつたりと、文江をかばうようによりそつて、歩調をあわせはじめている。

すがれた藤棚の下で、三人の背広の男が、暢気そうに酒をくんでいた。

「いいところへつれてきてもらつたね。もつと早くくるんだつた。この間から、ひとりでよく動物園になんか、いつていたんだよ」

「まあ、動物園に」

「ライオンつて、やつぱり見るだけでも気持のいいやつだね、かわいいのはペンギンさ、きみ、ペンギンみたことある」

「え、いいえ」

「債鬼においまわされていると、動物園なんかで、自分を忘れてしまいたくなるもんだよ」

小峯は、ひくい笑い声をあげた。文江は笑えなく、柔らかな唇を噛んでいた。

池をまわると、とつぜん、ごうつと、都電の音が木立をこえて、地鳴りのように、こもつた音をひびかせてきた。

何年か前に来た時は花ざかりだつた萩のトンネルが、今はすがれかけた葉だけで、柔らかに陽を濾《こ》している。ゆるやかにカーブしたトンネルの奥が、出口をみせないので、妙に誘いこまれるような、物柔かな静謐が、初冬の鈍い陽にあたためられ、よどんでいる。

小峯が吸いこまれるように先に立つた。

文江はレースのような萩の葉のあわいから、青空をみあげてみた。薄黄ばんだ暮色をたたえはじめた空が、精巧な陶器の肌のように、つやめいて光つている。

小峯は足元に目をおとしながら、歩いていた。肩の落ちた、疲れの滲み出た後姿だつた。文江は、あ、と小さな声をあげた。小峯のズボンの後ろに、オーバーのヘムが、一所ほつれて、たれ下つているのだ。きちようめんな伯母のしつけで、文江はいつでもスカートのベルトに、小さな安全ピンを二、三本持つていた。

「社長さん……」

ふりむいた小峯の足元にうづくまり、文江は、オーバーの裾をなおした。うつむきこんで、小峯の足元に頬をよせていると、埃つぽい、草いきれのような、男の匂いがする。一日中、店の仕事台に背をまるめ、印形を彫つている伯父や、足の悪い従兄の貞夫の匂いとはちがう、バタくさい、なまなましい中年男の匂いであつた。

ライオンの檻や、ペンギンの家の前で、放心しているという男の後姿が、ふいに胸にせまり、文江はオーバーを放した手で自分の顔を掩い、そのまま立ち上れなかつた。

小峯の、大きな掌のあたたかさが、肩と背に沁み、文江は、よろよろと立ち上つた。そのまま、文江は、小峯の胸にひきよせられていた。小峯の唇が、まつげをくすぐりながら、柔かく涙を吸いとつてくれるのを、気のとおくなるような恍惚の中で感じていた。唇をおおわれた瞬間、電流がはしつたような身ぶるいをしたが、小峯の腕に力がこめられると、そのまま、文江はからだを柔げた。煙草くさい小峯の唇の味が、文江の後頭部をじいんとしびらせていつた。

目にしみるような緋色の布《き》れをしいた縁台に腰かけて、麦落雁をたべかけ、文江はつと、落雁を紙につつみこんでしまつた。

「どうしたの？　きらい？」

小峯は、うまそうに茶をすすりながら、きいた。

「いいえ……」

文江は、耳まで染めて横をむいた。まだ舌にのこつているような気のする煙草くさい小峯の味を、消してしまいたくなかつたのだ。

浅草までもどると、小峯は水上バスに乗つてみようといいだした。

「きみは目黒だろ、船で新橋へ上つて帰ればいい」

文江はもう、小峯のことばのままに、どこへでも従いていきそうなじぶんを感じていた。親子ほどもちがうこの男だけをみつめて、生きてきたような気がしてきた。従兄の貞夫の、熱つぽい目つきも、アルバイト学生の久米の、押しつけがましい親切も、かたくなにはねつけてきた芯の強さは、じぶんでも気のつかなかつた小峯への憧れと慕情が、ささえていたのだろうかと文江は底のしれないじぶんの心の奥を、のぞきすえるような目つきになつた。

薄汚い水上バスは、気ぜわしいエンジンの音をたてながら、文江たちを待つていた。

ふたりが堅い座席に坐つたあと、もう一組、日本髪の若い女が、裾をひるがえしながら、かけこんできた。冷えてきたせいか甲板には一人もいず、船内に七八人の客が、寒そうに肩をすぼめた。

船が走りだすと、水の匂いがつうんと、胸にしみてきた。

大川は満潮なのか、ふくれあがつた水が動きをとめ、船のへさきに、きりさかれて、両側へ黒い水脈をひろげていく。

暗い橋の下をいくつか越したころ、船尾の方でざわめきがおこつた。左手の佃島のあたりの空に、芝居の書きわりのような大きな月が、のぼりかけていた。血をまじえたような無気味な橙色の月は、まだ輝きをもたず、みるみる影絵になりはじめた両岸の暗い大都会の、紋章のように、濃藍色の空にはりついていた。

みているまに川面が闇におおわれ、右手の岸の東京の空に、ネオンが冷く輝きはじめた。両国で半分以上降り、船の中は、いつそう静かになつていた。一つ一つ、ちがつた型で空にうかぶ大きな橋の下を通る度、闇が濃さをましてくるので、文江は気づかず、小峯の方に身をすりよせていた。

いつのまにか、小峯の左手が背をまわり、文江の胸をおさえている。オーバーをとおしても、小峯の指のおもさが、乳房にこたえるようで、乳首の奥がうずく。

「明日から、社には来ないでいいよ」

小峯が、文江にだけききとれるひくい声でいつた。

「きみの誠実はわすれないよ。二三日であの社も片づいてしまうのだ。家族を故郷にかえして私はまたふり出しからやり直しさ」

「あたしを、女中につかつて下さい」

「きみは、まだ若いんだ。これからだよ」

小峯の指に力がこもつた。文江はからだじゆうの細胞がふくらむような気がした。

目の前に急に川巾がひろがり、文江は声をあげそうになつた。

暗い東京湾に、童話の中の城のように、光りにつづられた船の型が、いくつとなく浮び上っていたのだ。

「まあ、きれい！」

後ろの方で若い女の声がした。

文江は声も出ず、息をつめて、目をみはつていた。

小峯とふたりですごした数時間の終りを、こんな華かな幻で飾られたことに、じぶんのからだまで、走りだしそうな感動をうけた。

薄い瞼の目を閉じ、ぱつとあけてみた。夢ではないこの美しい光りの幻を、永久に瞳の裏にはりつけようと、文江は細い眥《まなじり》がさけるかと思うほど目をみはつていた。

小峯の右手が、しずかに文江の髪をなでていた。

船首がゆるく廻り、浜離宮の森のしげみが光りの船をかき消していつた。文江は二度と、あの美しさをふりかえるまいと、目を暗い川面にこらしていた。

水の匂いが急にどぶ臭くにごつた。狭くなつた川の上の空に、まぶしく、きらめきをました新橋のネオンの色が、華やかにもえていた。

川風が水しぶきをひとかたまり、船窓にうちつけてきた。文江はからだの一部に、なまあたたかいものをふいに感じた。不規則な生理の波が、けだるく、甘く、うちよせてくるのを、ぼんやり感じていた。

痛い靴

新しい靴が足を締めつけていた。頼子は爪先の痛さにかすかに眉をしかめながら、ビルの石段をゆつくりおりていつた。朝から椅子にかけ通しの両脚は、自分のものでないようにむくみ、だるかつた。夕暮の湿り気が、ほてつた額をすばやくつつみにきた。急に外気を吸いこむと頼子は眩暈《めまい》を覚え、バッグを持たない左手で、眼の前の黄昏が薄い幕でもあるように払いのける手つきをした。その手つきのまま、頼子の右頬が一種の涼しさを意識した。大介の眼、どこかの物陰から、ずつとそそがれていたらしい二つの視線であつた。頼子は手をおろし、今度はつとめて膝をのばし、腰を引きあげるように歩きだした。靴音が高くなつた。

——また、……あの日でもないのに……

三年来別居している夫の大介が、毎月の幸子の養育費を届けにくる月給日には、まだ、十日もあつた。

ビルから十米ほど離れると、やつぱり後から大介の肩がふれてきた。頼子は口をきこうともしないで、電車通りまで、大股に歩調を合せていつた。

——もう、あのひとから通じたんだ。おとといの事が、今日……

「何をそんなに、しかめつ面してるんだい」

頼子は黙つたまま、右足をかるくけあげるように突き出してみせた。

「ふうん、ごたいそうな景気だな」

「半月ほどは痛い想いね、靴も懐も……」

「歩くの辛いだろう。それじゃ」

「すこうしね……呑みにいらつしやれば……あたしも、何か食べたい」

大介は先に立つて横町へ曲つていつた。

久しくブラシのかからない背広の背、猫背がひどくなつているようだ。折目のゆるんだズボンの裾に日の経つた泥はねの後が、まだうつすらとしみついている。のびた首筋の髪の毛先の不潔らしさ。頼子はふと、夫の後姿をみつめる自分の目が、特価品のあらでも探すような冷い光り方をしているのに気がついた。

軒並の呑み屋を、一軒々々覗き歩く大介は頼子をふりかえろうともしない。ようやくかつこうの店をみつけたのか、縄のれんを肩で払つて入つていつた。

気楽そうな大衆酒場は、時間の早いせいか、二組ばかりの客しかなかつた。

大介はだるそうな手つきで、二三杯たてつづけに盃をあけ、やつと上眼づかいに頼子を見た。その顔は酒で荒れ、白眼は汚い黄味を帯びてきていた。品のよかつた鼻筋がそがれたように痩が目だつた。前にはなかつた酷薄さが、こけた頬のあたりに漂つていた。

——毎日、何を食べているのやら。

どう見ても、その顔は若さの失せかけた平凡なサラリーマンだ。男らしい魅力など、とうに失せてしまつた顔である。長い指がのびた頭髪につつこまれると、まだ輝きの鈍い灯の光の中に白つぽい雲脂《ふけ》が散つた。

頼子はふつと、こみあげてくる可笑しさを押えることが出来なかつた。この男が若い娘と恋愛して妻子を追い出しているのだ。

「なんだい、にやにやして」

「うふん――。あたしにもちようだい」

「呑むのか?」

「この間、会社の旅行で呑まされたのよ。呑んでみたらおいしかつたわ。あたし、強いらしい」

「ばか。男と酒なんか呑むな」

頼子はこんな時だけ、亭主らしい大介の口つきに、また笑いを嚙み殺した。

――一年も前から、あたしは酒の味を知つているのに……。

大介のついでくれた盃を、頼子はゆつくりほした。久しぶりの酒の芳醇さが口のなかに華やかにひろがり、むせかえるようである。

頼子が今まで酒のことをかくしていたのは、別れた今も、大介には、あの頃の頼子以外は考えられないでいるのを知つていたからだ。これまで月に一度、こどもの養育費の二千円を自分で届けにくる時、大介の眼には、六年間狎れてしまつた女房としての頼子への幻影があり、気がねのないくつろぎがよみとれていた。

頼子は空になつた盃の底をぼんやりみつめた。どんなむごい仕打をされても、夫を思いきれずにいたのに。大介に愛された頃の自分の幻影にさえ、あれほど執着していたのに――。かくしていたのは酒だけではなかつた。名古屋へ転任していつた若い男の顔もあつたのだ。

「おまえ、どつかへ廻る予定だつたんじゃないのか?」

「いいえ、どうして?」

まぶしげに眼をあげた頼子は、いそいで銚子を持ちあげ、大介の盃をみたした。

「ああ、わかつた——おしゃれしてるから?」

大介は唇の左端をまげ、嘲けるような笑い方をした。照れ臭い時の大介の癖であつた。

「髪きつたせいよ。さつぱりしたわ」

「口紅の色がちがつてる——」

「まあ、ずいぶん細やかなのね。そんならほら、眉の描き方も変えたわ」

「悪趣味だ」

「おあいにくさま」

「靴を買つて……」

「服もつくつたし……ね」

頼子は新しいウールのブラウスの袖を、わざとらしくつまんでみせた。きらりと、眼が光りをました。ブラウスの色はヴァイオレット——すき透るような白い肌だけがとりえの頼子に、微妙な線で似合う危険な色であつた。この色を頼子にすすめたのは新婚の頃の大介ではなかつたか。けれども、漸く酔のまわつてきたらしい大介の濁つた眼には、何の動きも現われないのを、頼子は見た。

「三十女の本能的欲望かしら、あたしね、この頃うんとおしやれしてやろうと思いだしたの。もう、あたしなんか、つくつて綺麗でいられるのは、せめてあと、五年つてとこよ。あのひとみたいに、若さの切札がないんだもの」

盃を口にあてたまま大介が眉をあげた。

「あれも、老けただろう」

「もう、お聞きになつたのね」

「みんな知つてるさ」

大介はもう一度、さつきの笑い方をくりかえした。

「まるで筒抜けね。なるほどねえ……」

何気なくよそおつたつもりの声の終りがふるえていた。

圭子に逢いにいつたのは一昨日の土曜日であつた。小さな喫茶店の片隅に向いあうと、圭子のむせるような女らしさが無言のまま頼子を圧してきた。頼子はあらためて、二十六になつた筈の圭子の年齢を意識し直さずにはおられなかつた。大介から、圭子への恋を打開けられてから、もう足かけ三年の歳月をみ送つている。

「お目にかかるの、これで三度めでしたわね」

長いまつ毛のかげから、圭子はゆるりと眼をあげた。

「いいえ……あの……あそこの廊下でも……」

また、眼をふせてゆく。

「ああ、そうそう、家庭裁判所の廊下でね」

圭子の口にしたがらなかつた場所の名を、ことさら切りつけるように頼子は云つてのけた。

——おきれいな、今時、アプレにしては、珍しくおとなしいお嬢さまですのね——

圭子との初対面の意外の印象を、不用意にも頼子にむかつて洩らしてしまつた家庭裁判所のN女史の言葉……云つたとたん、気の毒なほどうろたえ、醜く歪んだN女史の表情……

頼子の口辺を場ちがいな想い出し笑いのかげがかすめた。圭子のうるんだ眼が思いがけないすばやさで、きらりと、それを捕えていた。大介のいわゆる、物をいう訴える眼つき。いつ逢つても無口。心があるのかないのか、圭子の美しい無表情。それでいて、最少限度必要な返事だけは思いがけない冷酷な正確さで返してよこすのだつた。

「おぐしお変えになつたのね」

じぶんの言葉のばかばかしさに頼子は自ら傷ついた。圭子の見事な長髪は、かきあげられ、無造作なドーナツ型に、頂きよりやや後方にひとまとめにされていた。リボンもピンもかざられていない。

「……ふけますでしょう」

「とてもお似合よ。中高の美しい顔立の方でなければ、したくても出来ない型ですわ」

流行を無視した圭子の髪型の中にも頼子は明らかに、大介の意志を感じとつていた。長い髪を好んだ大介。頼子は自分のショートヘアーを無意識に圭子の髪型に映していた。手入れの面倒がはぶけてというのは頼子の嘘である。思いきつた短さが計算外の若さを取り戻してくれたのを内心得意だつたではなかつたか。相手を意識しない化粧の虚無とその透明な快楽。ようやく、それがじぶんのものになりだしたちかごろ、若いとか、まれには美しいという言葉さえ聞くようになつたのだ。けれども、さきほどからおとなしげに伏せつづけるまつ毛のかげに時々きらめいているこの若い女の眼には、夫に捨てられた中年女の浅ましい若作りとでも映つているのではないだろうか。屈辱が、かえつて頼子の眼を意地悪く光らせてきた。今日の出逢いのはじめからいらだたしくまちのぞんでいた落着とゆとりが今になつて手の尖にまで行きわたつてゆくのを頼子は息をつめておしはかつていた。今日こそは泣くまい。

いつの時も浅ましく泣き顔をさらすのは頼子であつた。

一度目の圭子は、しなやかな指を痛そうなほどきつく組み合せて膝に押しつけ、伏眼の姿のまま、いつまでも堪えていた。頼子は激昂し言葉と涙をほとばしらせた。圭子は石になつていた。

刺すような寒気の二月なかばの日であつた。頼子は和服に幸子をねんねこでおぶいあげた。目立たない生れつきの女によくある例にもれず、人一倍おしやれの頼子は、ふだん、子供をおぶつて外出することはなかつたのだ。子供は小道具でしかなかつた。舞台でみなれた子役のいじましい哀れつぽさが、追いつめられた女の打算の中にすばやくすべりこんでいた。

小柄な頼子が、もうよちよち歩きのできる幸子を背負つた姿は、いかにも無細工であつた。惨めさの効果を頼子ははかつていたのだ。

夫の眼のない所で泣きはらしている肌は荒れを増し、つければつけるほど白粉はなじまなかつた。みじめにみえろ。できるだけみじめに。その惨めさと醜さを若いという夫の女に叩きつけてやればいい。これがあなたの愛人の妻と子供の姿ですよと、目の前で転がつてやるのだ。頼子は夫に内緒でその女に逢つてみるよりほかはないと心に決していた。嫉妬に混つた血ばしつた眼の中は思いつめた女の狂暴な意志がのたうち乾ききつていた。

最後に鏡台の前を離れようとする時、何気なく突いた右手の下に落ちていた大介のレザーがふれた。頼子は珍しい物でも見る目付で、大介のレザーを掌に握りしめていた。たあいなく刃がゆらりとセルロイドの黒いさやを離れて垂れさがる。鱗色の冷い刃の光りにぞくつと背筋がうごめいた瞬間、背中の幸子が窮窟がつて泣き叫んだ。幸子の泣き声に誘いだされるように頼子の両眼に涙がつきあげてきた。なすりつけたばかりの化粧がめちやめちやになつた。頼子はくやしがつて涙で化粧をこすりとると、口紅もふきさつた寒々しい唇のまま、戸外にとびだしていつた。誇張したつもりの惨さがいつのまにか真実なものとすりかわつていた。

頼子ははじめて見る圭子の若さと美しさに圧迫を感じる前に、不思議な安堵がわいた。

大介はどうひいき目に見ても見栄えのしない平凡な中年男にすぎない。大介のそばにはこの清楚な若い女をおくるよりも、子供をおぶつたじぶんの不様さがどれほどしつくりしていることだろう。

頼子のなかにふと、夫がとんでもない誤算をしているのではないかと、奇妙なゆとりが生じてきた。

結婚五年後、平穏すぎる家庭の幸福は倦怠の裏がえしにすぎない。大介が家庭で嚙み殺したあくびは、会社の机では涙をにじませる本物のあくびになる。だれきつた神経と疲れた眼に、ふと図書室の薄暗がりの書庫を背景につつましく本をさしだす圭子の白い顔が映る。錯覚が生じる。見残した青春の夢への愛情。満たされなかつた不本意な恋への突然の郷愁。夫はあの人に恋をしたのではなかつたのだ。この若い俤にたゆとう青春の美に、自分の消えかけた埋火を、もう一度あたため、燃え立たしたいと願つたにすぎないのだ。

若い娘に新しい恋をしたのではなく、自分の中の青春の後姿に恋着しているのだ。大介の意志とはかかわりのない大介の本能。

頼子は、身勝手な想像をかきたてられ、来る時の意気込が薄れてゆくにつれ、したり顔で分別臭い言葉をはいていた。

「あなたのような、まだほんとにお若い方にこんなご迷惑かけてしまつて……年がいもないあたくし共のだらしなさからねえ……こんなこと会社にしれたらどうでしょう、主人なんか自業自得としたつて、それこそあなたにお悪くつて……」

「わたくし、今月一杯で会社よします」

うつむいたままの圭子が身動きもしないで一口に頼子をさえぎつた。

「まつ！　初耳ですわ！　そんな！　あなたに犠牲を払わせるなんて！　主人は、主人は知っていますの？」

「ごぞんじです。御相談して決めたことですから」

頼子はとつさに、コーヒーのスプーンを、刃物のように摑んでいた。

眼の中がかつと燃え上つた。その眼にだらりと垂れたレザーの鱗色が浮ぶ。眼をあげた圭子は頼子の表情の変化に射すくめられ、みるみる蒼白になりながらかえつて瞳を据えてきた。かすかに痙れんし、半ば開けられた歯と歯の間から、桃色の舌がちらちらのぞいていた。

「やつぱり、そうだつたのね！　笑いものは私一人だつたのね。わかりました。たんと嬲《なぶ》ればいい。でも私、どんなことがあつたつて別れませんからね。覚えていてちようだい。私はどこまでもあの人の妻です。勝手なまね、させるもんですか！」

身を投げだし、泣いてとりすがつてでも、夫を愛さないでほしいと頼むつもりであつた心の奥底の想いはふみにじられてしまつた。

いつ、その喫茶店を出たのか覚えがなかつた。

気がついた時は郊外の駅に向つて埃つぽい街道をしやくりあげながら歩きつづけていた。かたわらに、圭子が影のようにしたがつてくる。頼子は泣きつづけかきくどいた。圭子はもう一言もこたえなかつた、その眼は静かに乾いていた。

「二度め、お逢いしたのは、たしか夏でしたわね」

だまつてうなづいた圭子の眼の中に不安そうな翳が走つた、頼子の沈黙が長すぎたというのか表情の少い端麗な顔になかから波だつてくる感情の照りかえしが明滅している、頼子の口もとが皮肉にゆるんでいつた。かつてなかつた優位に、いつのまにか頼子の方が悠然と坐つているようだ。沈黙が続けられる強さが頼子の小柄な身に、実質以上の量感をあたえているのだろうか。圭子の全身が、いわれのない不安と覚えのなかつた圧力のため、ぎしぎし凝り固つてゆくのが感じられてくる。堪えかねたように豊かな肩をゆすりあげ、圭子の顔がまつ直ぐあげられた。


その夏の暑さを、頼子は忘れることができようか。無理矢理、別居を強要された頼子は幸子をつれ里に帰つていた。大介から生活費を受けることは離婚の前提のような気がしておそろしく、頼子は、しやにむに働きだした。夫に捨てられかけた子持の女を雇う所などある筈がない。女子大を出た履歴などかえつて邪魔になるばかりだつた。自分の不幸さがいつそ頼子を被虐的にかりたてて日雇いの広告取になつていた。頼子の唯一の誇りだつた白い皮膚は、連日強烈な陽に照りつけられ火ぶくれをおこした。肘の内側や腕の下には手いれの閑もなく汗が次々とふきだしまつかにただれていた。このような頼子が再び圭子を訪ねずには居られない気持にかりたてられた。外見の荒れ方が捨られた妻の示威になつていた。

「あたし、あんまりみつともなくなつて驚いたでしよう？」

「……」

「この前、主人が来た時、さすがに呆れていたわ。油でもつけろよですつて、ふふ油ぐらいで、どうなるものですか」

頼子は一息つくと、眼を据えたまま、まつ直、話の中心へつつこんでいつた。

「その時、籍をぬいてくれつて話でしたけれど、どんな気持でそんな図々しいこといえるの。ねえもちろん、あなたの御意見なんでしよ？」

「……そんな」

「そうね、あなたはおしとやかぶつた方ですもの。憎らしくみえることばなんて出す筈ないわね……」

頼子はもう涙で圭子が見えなかつた。しどろもどろの自分の言葉に、ますます激昂してゆき、ほとんど叫びそうな声をあげていた。

「いやよ！　あんた達の卑怯さが嫌なのよ！　好きなら好きでさつさといつしよに暮せばいいじやないの。どうせあたしをこんなに惨めに追いだしておきながら、世間体はあくまで綺麗事にすませようとしている。籍まで取りあげて、あんた達だけ無傷ですましていたいというの！　卑怯よ。あんた達！」

圭子のことばはなかつた。ののしればののしるほと、ことばは針になつて頼子に返つてきた。汗もの腋の下に油汗をにじませ、苦痛の歯齦にふるえてくるのは頼子であつた。

「絶対、籍なんかぬきませんとも！　覚悟しててちようだい。私、家庭裁判に持出す決心したんだから。お体裁やのあんたたち、どんなことがあつてもよび出されるのよ。別れてなんかやるもんか！　妻として同居を要求するため訴えてやるんだわ」

頼子は自分の言葉の一つ一つにとめどもなく亢奮していつた。圭子の沈黙は鋭利な刃物のように頼子を引き裂いてゆく。言葉が嗚咽にかわり嗚咽が哀訴になつていつた。

「ね、あなた、今、いいお話がおありだつていうじゃないの、ね、お嫁にいらつしやつてよ。お願いだわ。その方があなたの幸せだわ。あんな男、どこがいいんです。エゴイストで、けちでずるくて、そのくせ臆病で、人間の屑じゃないの！」

「奥さまだつて、あの方を愛していらつしやいます」

「まあ……」

「……」

「それ逆襲？　私はね、愛してるとか、愛されたいとか、もう、そんなものじゃないんだわ。あのひとは私の皮膚と同じなのよ。けちなところも利己心も冷酷さも、あのひとののどの一つだつて自分から切り離されるのが苦痛なのよ。爪をもぎとられるような痛みなんだわ……あなたなんかに、あなたなんかにこの辛さがわかるもんですか！」

「わたくし一人が、いけないんです」

「およしなさい！　何を思い上つてるの。そんな殊勝らしい口きいてもらいたくないわ」

頼子は涙の流れるのもかまわず、しつかり顔をあげていた。涙でかすんでくる眼には圭子の表情を捕えようもなかつた。けれども圭子がこの時になつても決して涙をこぼしていないことだけは動かないその姿勢の固い冷さから感じとつていた。固い冷さ、それはまた、圭子の犯されていない処女の固さであつた。大介が若い圭子と肉体関係を結んでいないと信じている頼子を、頼子の母も妹夫婦も嘲笑しきつていた。

「肉体関係はないのよ。あの人はそういう男なのよ。プラトニックなものだから、よけい、私救われないじやないの」

夫の恋愛のプラトニックをがんこに主張する頼子を、世間知らずで自尊心の強い女、だからこんな事態も生じたのだと、同情より軽蔑をかつていた。

頼子はいつのまにか眼をそばめ、髪型を変えた圭子の顔に、ゆつたり視線をそそいでいた。柔かそうな頬から耳へかけて、うつすら影をつけている生毛――かつてはみずみずしく輝き、若さを漲し、頼子のなかに嫉妬と羨望の焼鉄を打こんだのに、今は、不潔にうす汚れてみえてくる。

頼子は圭子をみつづけていた。圭子はすでにちがつていた。他人にはみのがされるほどの微妙な変化。不思議な優越感がはじめて頼子の胸を湯のように浸してきた。

頼子はぐつと息をのんだ。

――いままで私を圧倒し、卑下させてきた圭子の処女、圭子の純潔が、失われてしまつたとみたことが、こんなにも私に落着をあたえてくる。

頼子は奇妙な征服感にとまどっていた。これが夫をぬすまれた妻が、夫の情婦に持つ心情であろうか。圭子の沈黙はもはや頼子を圧えつける力を失っていた。

大介にそれを打あけられた夜の姿は、頼子の胸にかっきりと刻まれている。

「そう……とうとうね。変ね、これでやっと当り前のような気がしてくるの。予想してたほど腹も立たないし、嫉けてもこない。だんだん嫉けてくるのかもしれないけれど……いつなの？」

「おまえが気ちがいみたい裁判なんかに持ちだし、俺たちに恥かかした後に決ってるさ。罪人同志さ」

「あんなにさわぎたてなかったら、そうならなかったって？　そこまであたしの責任？　ふふ、でもあたし、何だかそれ聞いて肚がすわっちゃった。肉体の？　つながりのない男と女の愛なんて、本当にできない。本物に思えないわ」

「すごいこというね」

「それにプラトニックだなんて、あなたがあの人をいやに奉ってる方がずっとくやしい。そんなあなたの恋はとても本気に見えるんだもの」

「いつだって本気さ」

「うん……でもあたし、何だか希望がみえてきたわ。もうあの人だって、あなたの眼には神聖な何かじゃなくって、ただの女になったんだもの。あたしと同じ女だわ……ね、よかった？」

「ばか、おまえ変ったなあ」

変らなきゃどうかしてるでしようと出かかったことばをおさえ、頼子はただ微笑した。その笑顔の美しさを大介の顔によみとるほど頼子は奇妙に落着いていた。

やっぱり、あの時の勘があたったのだ。裁判所の廊下の隅で、うなだれた圭子の肩を抱いている大介の眼と、ばったりあったあの瞬間。

「あなたが圭子さんをかばって、そりゃあ怖い眼をしてあたしをにらみつけたのよ。眼付で殺してしまうって風なの。あたしの最後のあがきがかえって二人を結びつけてしまった……それがこっちのからだにきりきり伝わってきたの」

そんな大介との会話がくっきりと浮んでくる。けれども圭子はその夜のそれからの出来事を知らないでいるのだろう。頼子は、圭子の疲れと緊張からかすかにふるえている乾いた唇のあたりをながめながら、まだ想いつづけていた。

圭子との新しい関係を告げれば一悶着おこるものと覚悟していた大介の表情が、頼子の受答えに拍子ぬけしたかたちでゆるんできた。

気負いのぬけたその大介の心のすきへ、さっと身を飜《ひるがえ》す素速さで頼子がはいりこんでいったのだ。

「送ってゆく。今夜、どうしてもうちまでゆく」

頼子の声は決然としていた。

大介の家には、頼子の出た後、遠縁の老婆が通いで身のまわりの世話をしに来ていた。夜は誰もいないのを頼子は知っていた。

「いやな想いするだけじゃないか」

「いいわ！　ゆく。どうしてもゆく」

「勝手にしろ」

大介は妙にめんどくさそうにいった。

頼子は、まるで酔ったように、頬や眼を染めていた、追い出されて以来、頼子にははじめての大介の家であった、

「ああ、臭い。どうしてふとん乾してもらわないのよ。私、月給もらって時々家政婦にきてあげましようか」

頼子は憑物がしたように、ひとりはしやぎながら、さつさと四畳半の大介の書斉に寝床を敷いた。

だきよせられてみれば、不思議になれあつた皮膚と皮膚とのおぼえが歳月をうづめてゆく。

……………………

ゆすぶられて気のついた頼子の眼を、大介の眼がのぞきこんでいた。

「大丈夫か――」

「パパア――」

甘えた呼びかけの声が口にかえつていた。その声によび覚されたように、はじめて爪先にまで羞恥がながれわたつた。

「どうしよう、なんだかこわい。ね、こういうものなの……みんな」

大介は片手を頼子の腹にのせたまま、ごろりとあお向けになつた。頼子は夫のからだにおおいかぶさるように、大介の頭を両手ではさんだ。大介の眼がみたこともないほどなごんでいる。

「ねえ、今だけはほかのこと思つていなかつた？　頼子だけだつた？」

「もう寝ろよ。あした早いんだろう」

「いや——これだけいつて。頼子だけだつた？」

「あたりまえじやないか、ばか——」

大介の手がのび、スタンドのスイッチをひねつた。闇の中で、頼子は片手で大介のからだにふれたまま眼をみはつていた。頼子のなかでは熱つぽく血がときめき、匂いのこい汗がしつとりぬれた。あいている片手で乳房をにぎりしめながら、頼子はこれまでに覚えのない何ものかに自分が変貌してゆくのを感じていた。不安と期待の波が息ぐるしく、めくるめき、頼子の全身を貫いてはしつた。

あくる朝大介の眼をさまさないように、頼子は起きだした。通いの老婆の来るまでに家を出なければならない。

隣家と垣根ごしの井戸端へ出るのをはばかつて台所の流しで顔を洗いかけ、頼子はとつぜん、ううつと声をうめかせて、しやくりあげた。洗面器に両手をついたまま、いつとき、頼子は肩をふるわせて泣きむせんだ。流しのタイルの傷あとにも、棚にならんだ鍋の底のでこぼこの一つ一つにも、頼子は胸をひきさかれるようであつた。頼子がつけた出窓のカーテンの花模様は、色があせてだらりとたれていた。

涙であつくなつた顔を、とつぷり洗面器につけると、またしても胸の底からこみあげてくる嗚咽に、水中でむせかえつた。

大介とのこの家を、どれほど心をかたむけ、いとおしんできたことだろう。どうしてもいやだ。このうちをあの女にまかせるのはいやだ。別居の間にさらされかけていた未練が、またぼうと燃えはじめてくるようであつた。

頼子は、ぎしぎし腸をねじりあげられるような、せつなさに、おののいていた。

あの背を焼く烈しい未練から、いつ解き放されたのであろうか。

大介の前には三本の銚子が並んでいた。酔うと、大介の眼尻に、以前にはなかつた皺がくつきりと刻まれてくる。

「おまえ、あれにいつたんだつてね。籍をぬいてやるから、早く結婚しろつて」

「ええ、この頃あなたつたら、一言も籍のことといいださないんだもの」

「いらんお世話だ。俺たちのことは俺たちでやる。ほつといてくれ」

「だつて、籍をぬかないつてがんばつてきたのはあたしよ。そのため道徳家のあなたたち、同悽も出来なかつたんじゃありませんか」

「皮肉のつもりか？」

「皮肉？　なんかじゃないでしよう。あたしはいつだつて自分のことしか考えていないんだわ。あなたと別れるのが、手足をもがれるほどいやだつただけよ。自分がこんなに愛してるのに別れなければならないのが、どうしたつて納得出来なかつたんだわ。幸子のことさえ考えてやしなかつた。子供よりあたしの気持だけで行動してきたんだわ。裁判に持出したのだつて、途中で気が変つてそれを願い下げにしたのだつて、自分の気持に忠実だつただけよ？」

「それがどうして籍ぬいてもいい気になつたんだ？」

頼子は銚子をとりあげ、大介の盃をみたした。からだをのりだすようにして大介の眼をのぞきこんだ。

「それよりあなた、まえよりあたしのこと、少うし好きになつてないこと？」

「うぬぼれてやがる」

「ふふ」

頼子は自分で自分の盃をみたすと、大介に眼をそそいだまま一口にのんだ。それに気がつかぬように、大介は両手で頭をささえていた。頼子の胸はそんな大介の屈した姿勢から心のしこりを吸いあげてやりたいようなやさしさにうづいてきた。裁判で決められたたつた一つの結果として幸子の養育費を月に一度頼子の勤先へとどけにくるほか、今日のように、何ということもなく大介が訪ねてくる回数が増している。頼子が銀座裏の書房の編集に職をみつけてからはとくに頻繁になつていた。いつのまにか哀訴やくちでかきくどく側だつた頼子が大介の生活への倦怠や鬱噴の聞き役にすりかわつていた。社会になげだされてみてはじめて自分の能力の可能性にめざめた自信が、前にはなかつた陰影とうるおいを頼子の上に加えてきていることを、頼子自身は気づいていない。

「ね、あのひとにはそんな仏頂面はみせないの?」

頼子の眼がいたづらっぽく笑つていた。

「ばか——あれは、こどもだよ。二十代の女の子なんか」

大介の声はものうげにひびく。頼子はふつと唇のあたりがゆるんでくるのを感じた。大介と圭子が結婚し、大介とじぶんが恋人になるという関係が生じたらどんなものだろう。さからえない運命の気まぐれな手で、将棋の駒のように動かされている人間関係なら、そんなことがあつてもいいのではないだろうか。

大介は空になつた銚子を未練そうにふつていた。

「お酒で、からだ悪くしてるんじやないの?」

「酒は滅欲剤だよ。ひとりもののね」

「ばかねえ、さつさと、あのひとといつしよになればいいのに——あたしもう大丈夫よ。いつでも別れてあげることよ。今迄はどうしても未練とれなかつたの。こんなつまんない人にさ。

「でももういいの」

「恋人でもできたのか」

「あきれた人。仕事が面白くなったのよ。でも、できるかもしれないわね、こうなれば……」

外は街の灯が光りを深めていた。

「寒くないのか？」

「いいえ、でも痛い――新しい靴がとても……」

大介は身をよせ、扶《たす》けるように頼子の腕をかかえた。頼子は反射的にからだをふるわし、固くなった。

「どうした？」

「また、石をふんじゃって……痛い」

かるい嘘といっしょに頼子は自分から腕をくみなおし、大介に肩をもたせかけた。

「ゆっくり歩いてよ」

はしゃいでくる声を押え、頼子が囁いていた。

大介のからだの温みが、じいんと伝ってきた。頼子のなかに、かすかに身ぶるいが走るのを押えることができない。触れさえしなければ、忘れていられる情念が、頼子をしだいに炎にしてしまいそうだ。頼子は何げなくすいと腕をぬき、大介から離れていった。

「もういいわ。少し歩いたらなれたようよ」

手がすくと大介は煙草をとりだし、マッチをすった。マッチの炎にほの明るく浮ぶ大介の横顔が別人のように美しくみえるのを、頼子はすいこむように胸に刻みつけた。

「今夜、まっすぐ帰る?」

大介がぼそっと、つぶやいた。

「……」

おさまりかけた胸のどうきが、ふたたび、激しい音をたてはじめた。頼子はふるえを気づかれまいと、両手を力いっぱい握りしめた。

大介は煙といっしょに、はきだすようにいった。

「俺は、すぱっと、女を捨てられる男をみると、つくづく大したもんだと思うよ。まったく女を捨てるなんてとんでもない大事業だ」

「あなた、それであたしを捨てたつもりじゃないんだから、あきれちまう」

「捨ててやしないじゃないか」

「そんなものかしらねえ、女を捨てるのが大事業なら、女に惚れられるのも大事業ね」

「どうかと思うよ。俺なんか世間じゃ、女房子供もあるくせに、若い女つくり、まるでいいことしてると思われてるんだからな。じつさい、俺くらい不幸な男はないよ」

頼子は思わず、声をたてて笑いだした。

「あきれるわねえ。へえ、あなたが世にも不幸な男なの」

大介もつりこまれ、声をころして笑いだした。

明るい駅前のネオンが、眼の前にきらめいてきた。

「あたし、地下鉄にするわ。パパも、もうまっすぐお帰んなさいね」

頼子は先に立って、ずんずん駅の構内に入っていった。地下鉄への階段からふりかえると、構内の人群の中で、大介がぼんやりつったち、頼子を見ていた。その姿はまったくみすぼらしく、螢光燈の冷い光りにむきだされてみえた。頼子は口もとに微笑をのこしたまま他人をみる冷い眼つきになっていた。大介のまわりを、絶間なく人群が渦をまいている。白っぽく照らされるどの顔も、同じように表情が動かず、まるで仮面をかぶせられたようである。仮面の行列は秩序なく乱れてみえながらも、何かの意志に動かされ、ひとつの方向に流れていった。大介もたちまち、あの流れに巻きこまれるのであろう。

——ばかなひと……。

頼子は、頭の横でかるく右手をふった。

——いまどき、幸福な人間なんか、いるもんですか。

にんまり大介に笑顔をむけると、頼子はそのままくるっと向きをかえた。たしかな足どりで階段をふみしめ、ゆっくりおりはじめた。新しい靴の痛みが、また、頼子の眉をよせた。

吐蕃《とばん》王妃記

印刷物在中と朱書した、開き封ハトロン紙袋、雑誌にしては薄すぎる手ごたえと、差出人の名を改めた時、わたしは軽い声をあげそうになつた。藤江貴司という四文字が、あまりに唐突に、十年の昔へわたしの記憶をひきもどそうとしたからであつた。宛名はまちがいなく現在のわたしの姓名になつていた。別れた夫の友人として、北京で二年ばかり、淡々とつきあつたにすぎない藤江貴司が、どうしてわたしの今の住所や姓名を知つたのだろう。わたしはなつかしさにかられいそいで封を切つていた。

中からは、ある東洋史学雑誌に収められたらしい、藤江貴司の研究論文の抜刷が一部あらわれた。

『金城公主に関する一考察』という、約三十頁にわたるそのパンフレットをパラパラめくつてみたわたしは、論文特有の読みずらい文章と、どの頁にも、べつたりつまつた漢文の引用の、いかめしさに脅れをいだき、たちまち逃げ腰になつてしまつた。もしその中に、蛇の年、豚の年、馬の年、鼠の年などという、童話風なとぼけた読方の、チベット流の年代記を発見しなかつたならば、わたしは永久に、金城公主にも吐蕃《とばん》の王さまたちにも、背をむけてしまつたかしれなかつた。

翌猿の年（七〇八）には

夏にツェンポはネパールのシャルの城塞に住せり。祖母はロンの宮殿に住せり……冬にツェンポはラグマルの宮殿に住せり。祖母はレガンツェルに住せり。

翌鳥の年（七〇九）には……

そんな活字に、しだいに引きつけられていくうちに、わたしはいつのまにか、今はこの地上から失われてしまった、旧い北京の三条胡同にあった、新婚当初の、わたしたちの部屋に坐っているようであった。わたしは、青い帙《ちつ》入りの漢籍が並んだ夫の書棚に、とりまかれている。するとわたしの舌の上に、雍和宮《ようわきゆう》帰りの藤江貴司が持ってきてくれた蒙古の乳菓の、こってりとした甘さと芳香がひろがり、指先には茉莉花の浮んだ琥珀色の支那茶の湯気が、ふれてくる…そんな錯覚が、わたしを永久にすぎさった昔の時に運び、この十年、ついぞ思いだしたこともない、かつてのわたしたちのソファーの、蒙古犬の毛皮のなめらかな肌ざわりまでを、いきいきと、掌によみがえらせてきた。

ラサ…敦煌…ペリオ…包《パオ》…馬蹄銀……抑揚の少い物静かな藤江貴司の声が、こんな、きれぎれのことばをささやいてくる。十年の間記憶の底にたたみこまれ、取り出されたこともなかった念珠の玉のような単語であった。そんななつかしいことばのかげから、ふいに皓《しろ》い歯を光らせて、藤江貴司が笑いかけてきた。やせて浅黒い、彫の深い顔に、眉の若々しかった彼は、とうとうわたしが、その姿しかみたことのない、汚れた藍木綿の支那服の袖に、あいかわらず両手をつっこんでいるようだ。

外務省留学生として北京へ渡り、そのまま居ついてしまった夫と同じコースの後輩として、藤江貴司を紹介されたのは、わたしが、北京へ嫁いでいってから、半年ほどたった頃であった。

夫は古代支那音楽史を専攻していたが、藤江貴司の専攻は、塞外史と聞かされた。たつた今、シリンゴールの旅から、北京へ帰りついたばかりだという、陽にやけた藤江貴司の口からは、「貝子廟《ベイズミヤオ》」とか「五当召《ウータンジヤオ》」とかいう聞きなれないことばが何度もでていた。

「包のおみやげ、持つてきたんじやないかい?」

夫の問に、彼は特徴のある皓い歯でにつと笑うと、だまつたまま、ばたばた長い支那服の裾をはたいてみせた。その動作で、包のおみやげが虱《しらみ》を意味しているのだとさとつて、思わず飛び上つて、悲鳴をあげたわたしの、子どもつぽい仕ぐさに、その若い学究の徒は、声をたてて笑つた。

藤江貴司の笑い声を聞いたのは、後にも先にも、その時一度きりであつたような気がする。彼は笑う時も声を高くあげないほど物静かな、というよりむしろ、陰気な男であつた。

その頃のわたしたちの住いは、王府井《ワンフーチン》に一足という位置にあつた関係から、知人たちの足溜りにされていたが、彼は来客のある時に来合わすと、それらの客が、ほとんど彼と共通の知人であるにも関わらず、一言も話さない。部屋のすみに、空気のようにひつそりと坐り、気がつくと、いつのまにか姿を消しているのが常であつた。それでもたつた一度、彼の持つてきてくれたエキゾチックな蒙古の乳菓の味を、わたしがほめたことを覚えていて、月に一度か二度は、ひよつこり汚れた支那服姿をあらわし、その奶捲児《ナイヂユアル》という、可憐な異国の菓子を、とどけてくれたりした。

九衢十二街一百十坊、殷盛を極めた長安の街衢《がいく》へ、哀調を帯びた胡楽の音が響き、異形の風俗をした人馬の隊列が進んできた。漆黒に金色の虎を刺繍した旗印しが怪しくはためいている。物見高い長安人士の人垣の間に、忽ち西戎《せいじゅう》だという囁きが伝わつた。遥か西壁の開遠門の外に霞む馬列は、広大な西蔵《せいぞう》高原を、縦横に疾駆して育つた野性の逞しさを筋骨に漲らせ、馬上に股がる巨軀の皮膚は、強烈な高原の陽光にやかれ、赫銅《しやくどう》色に輝いていた。

都の楡の並木の若葉に降りそそぐ初夏の陽は、純金の馬銜《はみ》と鞍に反射し、原色鮮やかな馬飾りを、いやが上にも煌らびやかに輝かせた。塞外は西蔵高原を席巻している吐蕃王、チドウソンよりの使節の列であつた。時に長安三年（西紀七〇三年）夏の初めのことである。

吐蕃は、これより約七十年ほど前、西蔵に強力な政治集団を成立した。代々の王はツェンポと呼ばれ、勇猛果敢、よく外敵に対《むか》い、瞬く間にその領土は、西蔵全土にわたつた。北は西域の四鎮を陥れ、東は涼、松、茂、崔の諸州に接し、勢威は頗《すこぶ》る強盛となつた。強敵吐谷渾《とよくこん》を撃破した吐蕃は、唐の西境に侵冦することも多く、勢力あたるべからざるものがあり、唐朝を悩ませる事しばしばであつた。

太宗は、ツェンポ、ソンツェンガンポに請われるまま、文成公主を降嫁させ、羈縻《きび》政策をとる事とした。文成公主は仏像をたずさえて入蔵し、ラモチェに伽藍を建立し、吐蕃開国期の文化指導者としての役をつとめ、国民の尊崇を一身に集めた。

吐蕃はこの成婚を契機に、極めて親華的となり、遣貢することもあつた。それら吐蕃の使節によつて次第に明らかにされた吐蕃国とは、長安の西八千里に位し、地薄く風俗朴魯。刑は惨酷を極め、鼻をそぎ目をくりぬくという。手で酒をうけて飲み、季節を分つことも知らなかつた。絢爛と文化の華開く唐朝からみれば、吐蕃とは、畢竟《ひつきよう》武力ばかり強大な、扱い難い野蕃の夷狄《いてき》にほかならなかつた。

チドウソンの使節たちは、市街の中央を南北に走る朱雀大街にさしかかると、一際高く奏楽の音を響かせ、威風堂々と馬列の歩調を整えた。やがて朱雀門を経て、三省六部が甍を連ねた皇城を過ぎ、その北に位した宮城に到着した使節は、時の皇帝則天武后に拜謁した。吐蕃使節は七十九才にして、なお艶冶たる粉黛《ふんたい》をほどこした女帝に、恭々しく馬千匹、黄金二千両を献上し、文成公主の例にならい、ツェンポ、チドウソンの為、再び唐の美姫の降嫁を懇請した。武后はこれに快諾を与えた。

使者は多いに面目をほどこし、急遽西蔵へ引揚げていつた。この盟約は、吐蕃にとつて、単に親華親善の政策にとどまるだけでなく、密かに一国の存亡がかけられていたからであつた。

その当時、吐蕃では、南方ネパール国境辺の気運急を告げ、南境属国は時を同じくして叛旗をひるがえしていた。唐との婚姻政策により、背後を固め、一刻を争い、南方経略に集中する必要にせまられていたのが、その実状であつた。

ところが、この降嫁の人選がまだ決定をみない前に、ツェンポ、チドウソンは自ら叛乱軍鎮圧におもむき、不幸陣中に歿した。吐蕃年代記によれば、竜の年（七〇四）冬の事であつた。

その年の春、王子チデックツェンが生れていた。南境の叛乱軍は静まることなく、ヒマラヤ山中の属国はもとより、ツェンポの兄ネパール王まで、ツェンポの位に虎視眈々としていた。

王子チデックツェンの祖母チマロエは、名門の出で、温順素朴な吐蕃の女には珍しく、聡明果敢な女傑であつたが、父王に先だたれた稚い孫がいとおしく、その身辺を守り一時も離れることがなかつた。

チマロエは、先に懇請したままになつて果されていない唐との婚姻を急ぎ、愛孫の背後を強力にすべきだと計つた。父王の為の求婚を、その子の為にすりかえても、この婚姻政策を強行すべく、チマロエは必死であつた。

生れて間もない嬰児の花婿の為に、再び遣唐使節が長安にはしつた。

時に唐では、一代の専制君主則天武后が、栄華の極みをつくしすでに世を去り、中宗の代にうつつていた。

かくして中宗の甥雍王守礼の娘、金城公主に運命の白羽の矢は立てられた。時に公主、歳十四歳、その後六年をへて景竜三年、吐蕃犬の年（七一〇）十一月、大臣シャンチントレジンが、皇后公主を迎えるため、長安に赴いた。公主は既に二十一歳、チデックツェンはようやく七才になつていた。

中国史料とチベット史料がいりみだれた、読み辛い論文から、やっとおぼろげながら、金城公主の歴史的背景を頭の中に描きあげた瞬間、わたしは不意に鮮かな金城公主の俤をとらえていた。

蒼味をたたえた薄い皮膚、整えたことのないような柔かくかすんだ眉、きやしやな鼻筋のあたりにただよう薄幸らしい愁いのかげ。その幻影から、宝玉をちりばめた王妃の冠と、華麗な綾羅をぬがせ、油気のない素直な断髪に、藍木綿の簡素な支那服をつけさせる。すると、物語の中の公主の俤は、そのまま一人の若い中国の女の顔になつた。劉淑春――ようやくわたしは白い行間にかくされた、藤江貴司の声のない言葉を聞いたと思つた。

劉淑春は、わたしが北京でつきあつた中国人の知人の中でも、最も淡い交際仲間に数えられる一人であつた。考えてみれば、わたしは彼女に前後三回しか逢つていない。そのくせ、その三度の邂逅での劉淑春の印象は、奇妙に鮮明な色と線で描かれた三枚の版画のように、わたしの記憶の中に色あせもせず、生きつづけていたのが不思議でもあつた。もしも、その記憶の画の中に、藤江貴司とか陳恵生の姿が描きこまれていなくても、わたしは劉淑春の俤を、長い歳月かほどまで鮮明にしまいこんでいられただろうか。

北京大学の講師をしていた夫と婚約のととのつたころ、わたしは武蔵野に建つているミッション系の女子大学の寮生であつた。寮の窓からのぞむ武蔵野の雑木林のひろがりが、青い海の面のようにきらめいてみえる、夏の終りの日曜日、わたしは見知らぬ二人の女客の訪問をうけた。北京の婚約者から、杏や蓮の実の砂糖漬けのお菓子をことづかってきてくれた、その中国人の日本留学生が、劉淑春と陳恵生であった。

陳恵生の派手な美貌のかげになって、劉淑春の蒼白い顔は、疲労がよどみでたように、ものうげにくすんでみえた。陳恵生は、まだ片言の日本語と、英語の単語をちゃんぽんにあやつり、それでたりないところは、たっぷりなジェスチャでおぎないながら、彼女たちが夏休みを送ってきたばかりの、故郷北京の風物や、わたしの婚約者の動勢、はては、今住んでいる中国留学生寮の食事のまづさなどを、活き活きと話しつづけた。その間じゅう、劉淑春は、相ずちをうとうともせず船室のようにせまい一人部屋の壁に、ひっそりと背をもたせかけているだけであった。

そんな劉淑春を退屈させてはいけないと、わたしは彼女たちに、美しいことでしられている学園を案内することを思いついた。

ゴチック風の、色硝子のきらめくチャペルの塔、白と緑で彩られた女性的な線をもつ優美な校舎、広々としたホッケーフィールドや、ボーンファイヤアの後ののこっている、野外劇の舞台など、そのひとつひとつに、彼女たちは聞きなれない中国語の嘆声を発していた。

二人はまるで幼い子どもどうしのように、しっかりと腕を組みあい、更にその指先をからみあわせて、わたしの横を歩いた。肩と肩、腰と腰、腿と腿、二つの影は一つになって地にゆれていた。

紺サージのお揃いの粗末な制服をつけ、皮膚、髪、目、どこといつてじぶんと変らないこの女学生たちが、異国の人であることを忘れそうになつていたわたしは、思わず頬があつくなるのを感じた。そのぴつたりとよりそつた二人の、傍若無人な昵狎《じつこう》さは、外国物のスクリーンでもみているような奇異な感じと面映ゆさをおぼえさせたから。

緑に染つた透明な陽ざしの中に、劉淑春は霧散してしまつたのだろうか、そこには陳恵生ひとりの、梔《くちなし》にた体臭だけが、一つになつた影のあたりに、つよくただよいはじめていた。

北京へ嫁いで一年ちかくたつたある日、前ぶれもなく二人の若い支那服の女性が訪れてきた。わたしはすぐ、陳恵生のいきいきと光る瞳や、肉感的なよく動く唇は、思いだせたけれど、劉淑春は、あやうく見ちがえるところであつた。地味な制服をぬいで、シンプルな青い支那服をつけた彼女の姿は、それほど新鮮だつた。ぶかつこうな裁断の洋服にかくされていた、淑春の豊かな胸や、細腰の美しい曲線が、かすかな身うごきにも、支那服の青に、匂うような翳をつけた。この人の美しさは、北京という土壌の上にしか開かぬ花のようなものなのだろうか。

その日も活潑に話す恵生の傍らで、淑春はほとんど口を開かなかつた。二人ともその春、留学を終え帰燕したばかりだと語つた。

「この人、とうとう、日本語、すこしも話せません。がんこもの、らくだいぼうずさん」

恵生に日本語でからかわれても、淑春はわずかに唇をゆるめただけで微笑していた。わたしはおとなしやかだけれど、みるからに聰明そうな、蒼白の顔をした淑春が、最後まで頑固に、日本語を話そうとしなかつたということに、なにか爽快なものを感じていた。

その後間もなく、快活な陳恵生はわたしの中国語のレッスンをひきうけてくれ、週に三回づつ訪ねてくれるようになつたが、レッスンには、意外に厳格な恵生は、一度も淑春をともなつては来なかつた。

三ケ月ほどたつて
「劉さん、どうしてらして?」

恵生とならんで、わたしにとつては、誰よりも老朋友である中国の女友達の安否をたづねてみた時、陳恵生のきめのこまかい琥珀色の頬に、ふいに紅味がのぼつたのにわたしはおどろかされた。

「淑春は今、恋愛中」

ぶつきらぼうに中国語で答えた後では、いつもの陳恵生らしくもなく、とりつくしまもない素気ない表情を固くした。

そうした恵生とのレッスンが、半年ほどつづいたころ、偶然、わたしたちの部屋で、陳恵生と藤江貴司が出逢つた。

夫のところへよく出入りしていた、東安市場の中国の古本屋の番頭が、わたしたちの部屋で藤江貴司に、最近入つたという敦煌文書の鑑定をしてもらつている所へ、陳恵生がわたしを誘いにやつてきた。その日、わたしは日ごろのレッスンのお礼心に、恵生がみたがつていた巴金《はきん》原作、李麗華《りれいか》主演の封切り映画をみせる約束になつていた。

男たちが、ひどく興奮した顔付で、熱心に蜜色になつた虫喰いだらけの古文書の上にうつむきこんでいるので、美しい女客を紹介するしおがみつからず、まごまごするわたしを、恵生はうながして、さつさと外に出てしまつた。

閑雅な王府井のアカシアの並木通りを東安門大街の方へ向つて歩きながら、さつきから一言も口をきかなかつた陳恵生が、前をみつめたままの姿勢でつぶやいた。

「あのかた、チベットの研究している藤江貴司先生でしよ？」

「ええ、ごぞんじだつたの？」

「さつき、本屋が、藤江先生とよんでいましたから……あの人が、劉さんの恋人です」

「まあ！」

「藤江先生はK交通の調査部のお仕事してるでしよう。劉淑春も三月前からK交通につとめました。藤江先生の下に、彼女いるのです」

いわれてみれば、数少い日本人とつきあつている、かぎられた中国人の中では、しぜん共通の知人が重なりあつていることだろうとうなづける。東単方面へたまに出てくる時しか訪ねてくれない藤江貴司の一面だけしか知らないわたしより、文化面関係の在留日本人の中には、相当顔を売りこんでいるらしい陳恵生の方が、より多く彼の生活にくわしくても不思議はないはずであつた。

「劉さん、お国へ行くのは絶対いやだっていうんです。藤江先生は彼女が希望するなら、永久にこちらにいてもいいといってるそうですけど、日本の男って……」

陳恵生はふっと口をつぐんだが、すぐ道行く人がふりかえるほど、華やかな笑い声をたてながらいった。

「あの人たち、ほんとはチベットへでもはしって、包《パオ》に愛の巣をつくりたいんでしょうよ、虱といっしょに」

その日の映画が終った後も、東安市場の茶房に落ちつくと、陳恵生はみてきたメロドラマにはふれもしないで、ふたたび劉淑春を話題にしたがった。そのためわたしは、まだ二度しか逢ったことのない淑春の生活を、かなりたちいって知ることになった。

劉淑春の父親は、昔は相当な絹織物問屋を営んでいた実業家であった。四人の妻に四人の子を産ませたが、期待をかけていた淑春の異腹の二人の兄は、一人は重慶に、一人は延安にはしっていた。今は一番年若い第四夫人だけが家に留まり、その人の産んだ淑春の弟は、長ずるにつれて不良仲間にそそのかされ、ほとんど家に居つかない。

ただ一人の女の子である淑春は父の命令で征服者の圧力と権力にこびる卑屈な方便として、日本留学をさせられた。その為により多くの債務が老いた父と、か弱い淑春の肩に重圧を加えるだけなのに。

「多かれ少なかれ、今の北京に残っている中国人の家庭では、劉家と大同小異の不幸と重圧にあえいでいます。わたしたち残留組のインテリなんて敗北意識のお化けです。日陰者は重慶や延安の人々ではなくて、北京のわれわれなのです」

陽気な親日家とばかり思つていた陳恵生の切れ長の眼が、ふいに熱をおびてぎらぎらかがやいてきた。

「あなたをもう、心からの好朋友と信じて云つてしまつたのですけれど——」

陳恵生の琥珀色の頰に案外肉のうすいこと、ぽつてりとした唇の下の顎が、女にしては強すぎるほどしつかりと張つていることなどに、その時はじめて気のついたわたしは、かすかな怖れに似た気持をいだいて、恵生の気負つた口吻をみまもつていた。

「そんな空気の中で、日本人と恋愛したり、婚約したりすることは、もつと辛い立場をまねくのではなくつて?」

「そうです。わたしなんかには、とても考えられない。でも淑春は昔から何を思つているのかわからないような所があるんです。時々とつぴょうしもないことをやつてのけておどろかせます」

恵生はもう、いつもの明るい闊達な調子をとりもどしあたたかな口調で一つの挿話を語つた。

それは恵生や淑春が、まだ北京大学の学生だつた頃のことであつた。一日、彼女たちは、日本人の教授に伴われて、東交民巷の、ある日本高官の家庭に招かれた。

社交好きの北京通を自認しているその家の夫人と、学生たちと同年輩にみえる令嬢に、さまざまもてなされた後であつた。ふとした話のはずみから、令嬢の和服を今日の客の中の誰かが着て歩かないかということになつた。

「帯しめて、日傘さして、もちろん足袋草履をはいて洋車で走るの。どう？　ちよつとスリルがないこと？」

自分の思いつきのすばらしさに、いきおいこんで提案した夫人の社交なれた神経は、自分の言葉が終ると同時に、さつと白けた空気が若い客の間に流れたのを敏感に感じとつてしまつた。夫人がしまつたと気づくより早く、社交的訓練にかけては長い伝統と歴史を持つこの国の客たちはもつとすばやく、自分たちの目にみえない動揺を、ホステスに気どられたことを恥じいつた。日本の着物を着て北京の街を走る——その屈辱的な猿芝居を、この中のだれかが、かつて出なければ……主人と客の間にとつさに反射しあつた狼狽とあせりの瞬間は、まばたきするくらいの短かさであつたが、主人にも客にも、それは無限に停止した時にのぞんだような、めまいにた緊張を感じさせた。その緊張を低い何気ない声が破つた。

「わたくしが着ます」

劉淑春であつた。

淑春は下着になり、マヌカンのように両手を拡げて悪びれずみんなの真中につつ立つた。無表情な冷い顔。はしやぎだした夫人と令嬢が派手な着物を着せ帯をしめあげた。友達がわいわい鏡の前につれていつても淑春の冷い表情はくずれない。

もうそれだけで、ホステスの面子は充分たてたといつてよかつたのに、淑春は頑固に洋車の用意をさせることをいそいだ。ゆきがかり上、夫人のお抱え洋車が、ほろを外して玄関に横着けにされた。紫総鹿の子の振袖に、青海波くずしの金絲刺繡の帯をしめた劉淑春は、洋車の上でさつと、日傘をおしひらいた。無表情な蒼白な顔に、絹傘の薄紅い翳がさした。その姿で劉淑春は陽光まばゆい長安大街を走りさつた。

陳恵生の明るい口調にかかわらず、その話を聞き終つた時、わたしは胸に重い石をのせられたような気がした。彼女たちの自意識の過剰や、劣等意識の澱が劉淑春一人に凝結して、その日の淑春を磔《はりつけ》にかけられた殉教者めいて感じさせる。藤江貴司との恋愛も、淑春にとつては、敗北意識に対する、せいいつぱいの抵抗としての演技の一つではないのだろうか。わたしの疑念をすばやく見ぬいたように恵生がつぶやいた。

「わたしも、淑春の恋愛が、お芝居や気まぐれであつてくれたらと思いました」

かるく頭をふつて目をとじた陳恵生の表情には、不思議な苦悩の色がにじみでていた。

わたしはもつとすなおに、この二人の知人の幸福を祝福しなければならないと思いはじめた。燦と陽のきらめくという世界の屋根の楽園で、ヒマラヤの山巒《さんらん》を仰ぎながら、二人が営む牧歌的な包を思いえがいてみることは、やはり愉しかつた。と同時に、どことなく陰鬱な翳を持つ二人の結びつきは、不幸の種が二乗されるのを怖れるような、理由にならぬかすかな不安をもよびおこしてくるようであつた。

金城公主は中宗の養女となつて、吐蕃に降嫁したが、実は中宗の甥雍王守礼の六十余人の子供の中の一人であつた。

雍王守礼は、高宗と則天武后の間に生れた、聰明の誉高かつた章懐太子の子であつたが、親に似ぬ不肖の子であつたらしい。旧唐書には、雍王守礼の行状を「才識猥下、尤も岐（王）薛（王）に逮《およ》ばず、寵嬖《ちようへい》多く風致を修めず、男女六十余人、男は才に中《あた》るなく、女は貞称に負《そむ》く。守礼之に居りて自若たり、高歌撃鼓し常に数千貫の銭債を帯ぶ」と伝えている。

守礼の父の章懐太子は、皇太子となり、当然帝位を約束されていたが、則天武后の寵愛した左道師明崇厳が殺された事件の、首謀者とみなされ、母の武后から流刑処分に付された末、自殺せしめられている。

この事件によつて、雍王守礼も、十年の余、宮中に幽閉せられ、数々の拷問にたえてきた。研学にも勉めず、女色に惑溺した暗愚とみえる一生も、帝位継承に望みを断つた彼の、唯一の保身延命のぬけ道であつたかもしれない。

斯うした父の娘と生れた金城公主は、既にその生誕からして、不幸の翳を背負つていた。多すぎる同胞は無きに等しかつた。薄められた肉身の血はすでに他人の血に近い。公主はだれに教えられるともなく、長ずるにつれ孤独の中にみずからを沈め、その姿勢の中にだけ、何物からも犯されない、虔ましやかな平安を見出していた。

手足も腰もほつそりと細いこの少女は、数多い姉妹の中でも、無口ですなおらしいということから、選ばれて夷狄への降嫁を命じられても、その運命に多く悲しむすべもまだしらなかった。十三歳の孤独な少女は、何年か末に、自分を待つ悲運よりも、今直ちに、この暗く息苦しい環境からひきだされ、中宗の養女として、宮城に移り住むことに、無邪気な喜びを感じていた。

景竜三年（七〇九）十一月、吐蕃使節として大臣シャンチントレジンが金城公主を迎えるため来朝した。

中宗はこれを苑内の毬場に華々しく宴を張り歓迎した。金城公主はこの日、緋色に金糸で刺繡したあでやかな晴着をつけ、王座と並べられた席にのぞんだ。装いの華麗さがかえつて公主の清楚な初々しさを、痛々しいまでにしみださせていた。今は二十歳の、華やぐ青春をむかえていても、公主の容姿には緋牡丹の艶麗はみとめられず、かぼそいうなじの重みにたえかねた秋海棠の可憐が匂つていた。

中宗は、この無口な養女に不思議な愛情をいだいていた。実母則天武后の専制支配に、青春の大方を圧迫され、辛酸をなめつくしてきた気の弱いこの天子は、武后なき今、ふたたび、自分の皇后韋氏の烈しい性質に圧倒され、武后の生存時代に勝るとも劣らない、陰欝な日常を送つていた。晴れあがつた蒼穹に、いつ湧出するともしれぬ暗雲を怕れるように、前途に感じる ある漠とした不安と焦慮にさいなまれていた。そうした帝の眼に、いつ逢つても喜怒哀楽を反映しない、おだやかな年若い公主の表情は、ひとつの救いでもあつた。

政治的なこの婚姻の悲運から、公主を救いだす英断は持たないまでも、せめて帝は、その送別を、あとうかぎり華やかに飾つてやりたいと思つた。

翌景竜四年（七一〇）正月、中宗は金城公主を西蔵へ送るまでの守護役を、左衛大将軍河源軍使の揚矩に命じた。更に錦繒など数萬段を賜い雑伎諸工を悉く従わせ、亀茲楽の楽団一行まで与えた。それにあきたらず帝自ら公主を送つて始平県に至つた。王公宰相は競つてこれに従つた。

華やかに張殿が設けられ、送別の宴は開かれた。昼をあざむく燭台の焰が、暁の雛芥子の花辮のように燃えさかり、婚礼の調度類の、七宝や螺蛔細工や彫金のあたりに燦爛と耀いた。焰のかげは、金城公主の装いに鏤《ちりば》められた西域産の紅玉や緑宝珠の上にも、なまめいた光りを揺曳していた。亀茲楽《きじがく》がめでたい曲のかぎりを絶間なく奏し、あるかぎりの寿詞がのべられた。祝いの詩が詠まれ、宴酣となつた頃、公主の降嫁を記念し、始平県の死罪者以下に大赦が下り、一般人民には一年の力役が免除されたと報ぜられた。又これより後、始平県を改めて金城県とし、その宴した地を鳳池郷愴別里と呼ぶことがつげられた。

帝は吐蕃の使者に、自ら立つて公主送別の情を述べはじめたが、悲哀の情に堪えず、言きわまつて歔《すす》り泣いた。それまでしのびにしのんでいた公主の侍女たちは、ここに至つて声を放つて涕泣《ていきゆう》した。

公主の白磁のような冷やかな頰に、この時ふいに涙がつたわつた。涙は思いがけない熱さでうちから溢れ、晴着の錦繡の膝にしたたりおちていつた。公主はこの時、はじめて、祖国を離れる自分の心に、秘かにいだきしめてゆく、愛する俤もないことをつらく思つた。公主の中ではげしく波だつものがあつた。忽然として、金城公主はかつて知らなかつた柔情にひたされていつた。

その翌日、残雪に反映する黎明の映紅の中を、公主の行列は国境を超えていつた。

紅い帷《とばり》におおわれた轎《きょう》の中、幽かに端座している公主の膝には、銀製の鳥籠が一つ抱かれている。おびただしい餞別の品々の中から、もつとも公主の心をとらえた贈物で、籠の中にはしたたるばかりの緑色の羽をもつ鸚鵡が、象牙のとまり木にとまつていた。鸚鵡は時折、囁くように公主の名を呼んだ。贈り主三郎隆基にそつくりの口調に、思わず公主は唇をゆるめる。親しく語りあう機会もなかつた、帝に親任あつい従兄の俤が公主の胸にいつかあたたかくつつまれていた。

花嫁の轎が、吐蕃の都ラサに到着する頃、長安では、中宗が皇后韋氏によつて、遂に毒殺されていた。

藤江貴司の論文の特徴は、金城公主の夫となつた吐蕃ツェンポ、チデツクツェンの年齢考察を、執拗な筆つきで追求していることであつた。彼の説によれば、二十才をこえた公主の夫は、どうしても七才の幼童でなければならなかつた。

長髪を額に乱れさせ、厚い眼鏡の奥から凝らせた目つきで、史料の頁をくつている藤江貴司の俤が、しだいに重苦しくわたしに迫ってくる。物静かな藤江貴司がたった一度ひどく興奮した態度で、わたしたちの部屋を訪れたことを思いだす。

北京では最も寒気のはげしい一月末のある夜明け方であった。あわただしいノックの音に扉をあけたわたしたちは、目を血ばしらせ、すぐには口もきけないほど興奮した藤江貴司をみいだした。蒼白な頰は外の寒気のせいばかりではなさそうに痙攣していた。

「すみません。友達が焼けだされたんです。金借してほしいんですが……本売ってすぐかえしますが、今日の間にあわないので——」

ちょうど部屋代にとっておいた有金を渡すと、藤江貴司は急に寒さを思いだしたように、目だつほど身ぶるいした。一刻も惜しそうに引かえしてゆく藤江貴司にわたしはあわてて飯店《ファンテン》の入口でおいすがった。

「藤江さん。これ持ってらして」

手当りしだい行李からひっぱりだした毛糸のセーターとジャケットを、彼の胸におしつけるとはじめてそれが自分の女物ばかりなのに気がついた。

「古いもので悪いけど、寒さしのぎにはなるでしょう。かえしていただかなくていいのよ」

「すみません。劉がたすかるでしょう。まる焼けなんです。着のみ着のままで」

わたしは劉淑春の災難だとはじめから直感していたのか、藤江貴司のことばには少しもおどろかなかった。彼は手早くセーターとジャケットをまるめなおすと、ふろしきをとりにかえろうとするわたしを制し、そのまま外へとびだしていった。部屋へ帰ったわたしはふたたびベッドにもぐりこんでいる夫に、藤江貴司の興奮がのりうつったようなたかぶった口調でつげていた。

「劉さんのうちなのよ、焼けたのは！」

そしてわたしは藤江貴司から劉淑春との恋について、すでに深いうちあけ話でも聞かされていたような、錯覚をいだいていたことに気がついた。

間もなく陳恵生の口から、その火事は劉家からの出火で、しかも淑春の弟が放火の疑いで拘引されているということを聞かされた。

破産の一歩手前で、やっとふみこたえていた劉淑春の家は、この放火のため、決定的な打撃をうけただろうと、恵生は暗い目いろでつぶやくのであった。

藤江貴司は事件の朝から数日後、律気に金をかえして来たが、わたしはちようど留守にしている時であえなかった。

「劉さん、どうしてるっていってました？」

「セーターの礼いってたが、劉の事って別に話さなかったよ」

「あら、聞いてあげればよかったのに」

「相かわらず、瑠璃廠《ルリチャン》で見つけた古文書の掘出物の話ばかりしてたからな……また大青山まで旅行するそうだ」

「大青山って？」

「包頭《パオトウ》の北にある山さ。そこにある五当召《ウータンジヤ》、蒙古名でバッタガルスムっていう廟が純チベット式の建築で有名なんだよ」

「劉さんの弟どうなったのかしら……」

「劉の事で彼、金がいるんじゃないかな、やつれてたよ」

それっきり藤江貴司が姿をみせないうちに、わたしたちの耳には思いがけないニュースが伝わってきた。一度ばかり無断でレッスンを休んでいた陳恵生が、単身延安へはしったというのだ。

「わからないもんだね、彼女あれで、なかなか急進派の顔役だったんだそうだ」

夫が大学から聞いてきたその話に、わたしはかなりひどいショックをうけた。無口な劉淑春とはちがい、東京で初対面の時から、相手の胸に裸でとびこんでくるような感じの陳恵生に、わたしははじめから、何の防禦もない心でつきあっていたし、陳恵生の方でもかりそめでない友情と好意をいだいていてくれたように受取っていたからだ。通じない言葉以上に、心と心が語りあっていたと思ったのは、わたしのひとりよがりのうぬぼれだったのだろうか。陳恵生にとっては、わたしもまた、あくまで征服者側の一圧力でしかなかったのだろうか。

わたしははじめて、自分が暮している北京という外国の土地について、考えてみなければならなかった。来る日も来る日も北京の空は晴れわたっている。これが血腥い戦場にそのままつづいている大陸の一部だと考えることができるだろうか。内地に受けている爆撃とか窮乏の状態が、かすかに伝わってこないこともないけれど、日本人相手の東単牌楼《トンタンパイロウ》の市場に溢れる肉や野菜の豊醇な色彩の中にたつと、戦争という現実からは、あまりに遠い平和な騒音がうづまいていた。在留邦人は、終日、中国語を一言も使わないで暮すことも出来た。

おざなりの防空壕が、道路の処々に、苦力《クウリー》たちの手で掘られてあつたが、たつた一度、北京の上空をB29が訪れた時、中国人も日本人も一せいに足をとめ、うつとりと、晴れわたつた蒼窮を仰いでいた。雲一つない北京の空の青さに描かれてゆく飛行雲の幻想的な美しさに、人々は足元の防空壕の事など忘れきつていた。

中国人は日本人に対してあくまで恭順にみえた。阿媽やボーイの卑屈な笑顔を、わたしたちは古都に育つた人間の純朴な微笑とはきちがえていたのかもしれない。

陳恵生の訪問は、単に中国語のレッスンの内職という以外の意味があつたのであろうか。わたしは怖いものにふれたさの気持から急に劉淑春にあいたくなつてきた。

しかしその時になつて、わたしは淑春の新しい住所も知らされていないことに気づいた。西単の家を焼かれた淑春が、太平倉の知人の家に移つていつたと恵生に聞いていただけであつた。やつとわたしは、彼女たちに対するひとりよがりの女学生じみた友情をすてさろうと心に決めた。

「陳と劉は同性愛だつたんだつてね。しつてたかい?」

夫は更に好奇心にくすぐられたような表情をうかべて言葉をくわえた。それにはわたしはおどろかされなかつた。

藤江貴司に逢つた日の陳恵生の固い表情。それよりももつと以前、あの秋のはじめの透明な陽の光りがきらかにこぼれていた学園の庭で、指をからませ、肩をよせあい、一つの足音になつてわたしの横についてきた二人の姿、あの時のわたしの心におこつた名状しがたい羞恥の気持はそれを直感的によみとつていたせいかもしれなかつたのだ。

劉淑春を延安に誘う陳恵生の真剣な目つき、わたしが東安市場の喫茶店でみたあの目つきがありありとみえるようであつた。それに応じなかつた劉淑春をひきとめたものは、老いた父の暗い涙だつたのだろうか、藤江貴司との新しい恋の情熱だつたのだろうか。

こうした日々の中で、いつか夏をむかえ、わたしは北京生れの赤ん坊の母になつていた。中国語で洋車銭をねぎつたり、阿媽に叱言をいつたりする時に、陳恵生が口やかましく注意していた無声音とか、まき舌の不得手な発音に、気をつける習慣もいつのまにか失つていた。

そのころまた、わたしたちは、一つの新しい噂話を、夫のところへくる学生たちの口から聞かされた。劉淑春の婚約発表で、二十二才の淑春に対し、相手の豊裕な貴金属商が、知名なためと六十をいくつかこした老人であつたため、かなりセンセーショナルな記事として、華字新聞にとりあげられたらしい。婚約者は淑春の父親の老朋友だとか、淑春の父と第四夫人をあらそつたライバルだつたとか、まことしやかな憶測が、学生たちの口にのぼつていた。

刹什海《シイチャハイ》の北部にある知人の処へ出かけたついでに、近所の藤江貴司を見舞つてみる気になつたわたしの心に、そんな噂があつたことはたしかだ。

純中国式の薄暗い彼の屋子《ウーズ》へ、一歩ふみこんだわたしは、入口に背をむけてうなだれていた若い女の後姿に、思わずひるんだ。緑の紗をはつたLの字型のれんじ窓からさしこむ薄明りの中でつややかな紫の支那服の背が、あきらかに泣きしづんでいたと見えたから。

吐蕃の都ラサに到着した金城公主は、はじめて相まみえる夫が、七才の幼帝と知つた時、泣くことも忘れた。涙は八千里の長い旅の途に流しつくしていた。始平県の送別の宴の夜以来、涙はいくらでも流れでたのだ。女のからだとは、涙の壺をおおう肉と皮でかたちづくられているのではないかと思うほど、それはとめどなく流れでるもののようであつた。

都ラサのツェンポの氈帳《せんちよう》におりたつた公主の俤からは、長安をたつ時の、痛々しい稚さのなごりは、かげをとどめていなかつた。その瞳の奥に、前にはなかつた、白光にかがやき燃えさかる焰が、生まれていた。旅の間に、鳥籠の鸚鵡は、公主の声音で三郎隆基の名を優しくささやくようになつていた。

幼い夫が、王妃の鸚鵡に何よりも興味をひかれて喜ぶさまをみて、王妃はひそかに頰を染めた。鸚鵡にチデツクツェンという名を教えこむべき、最初の義務をおこたつたことにうしろめたさがあつた。

幼帝の祖母チマロエは、王妃のため、ラサに唐風の壮麗な城を築いて贈つた。吐蕃のツェンポは、四季に従つて各地の城塞から城塞へ、天幕づくりの宮殿を移すならわしであつたから、公主は四季の大方を、ラサの自分の城中に、孤独にしたしむことが許されていた。

アジア大陸の中心部に位したラサは、高度に乾燥し、陽光の直射は猛々しく、夜空の星座のめぐりはめくるめくほどま近く迫り、話に聞く払菻国の木難珠《ぼくなんしゅ》もかくやとばかり燦いてみえた。チマロエは愛孫のため、尽すべきを尽し、王妃の手にまだいとけない帝の手をあずけたまま、安らかに永眠した。

その翌年、王妃は心に抱く俤の人が、ふたたびみることの許されぬ故郷の都で、帝位を継承し神武《しんぶ》皇帝（のちの玄宗皇帝）とよばれることを伝え聞いた。

高原の春の黄昏であつた。この季節に恒例の二ケ月の余にわたり猛威をふるう砂嵐は、陽光をかげらせ、ラサの町のあらゆる生物の息をひそめさせていた。どのようなかすかな間隙からも砂塵の微粒子は音もなくしのびこんでくる。あらゆる扉のとざされた王妃の宮殿は、深海のような静謐がみなぎつていた。砂塵をこばんで、幾重にも垂らされた絹紗の帳の深い襞の流れの上に、更に瑟々《しつしつ》をつらねた珠簾が、獣脂をともした灯かげをうけて、玲瓏とあたりの空気を清めていた。

「神武皇帝、神武皇帝」

銀の鳥籠の中の青い鸚鵡は、王妃が教えこむ新しい単語をさきほどからくりかえしている。

ラサへ来て以来、ふつくらと厚みをましてきた王妃の膝にもたれ、十歳になつたツェンポも王妃の唇のうごきを、うつとりと、なぞつていた。ヒマラヤの雪をもとかす高原の強烈な陽に育てられた帝の身内には、早熟な血があたためられていた。チデツクツェンは、自分を溺愛してくれた祖母には、かつて感じたことのなかつたかすかな不安と、焦慮のないまじつた甘美な愛慕の情にひたされ、まだ稚げな声をせいいつぱいの媚でなごませていた。さきほどからの、あからさまな不貞の遊戯に、王妃は心うばわれていた。望郷のもだえにかわききつた王妃の瞳には、蜃気楼のようにうかぶ長安の街衢と、玉座に位した神武皇帝の俤だけがうつつていた。

王妃のきやしやな指先が、つとのび、膝におかれたツェンポの掌をひきよせた。とみるまに、チデックツェンのまだのびきらぬまるい指先は、熱くやわらかな王妃の胸乳の上に、さりげなくみちびかれていた。

後姿全体が、激しく泣いていたとみえた劉淑春のふりかえつた顔は、意外につめたく、無表情であつた。臆したけはいもなく、みつめかえしてきた二つの瞳に涙のあとはなかつた。光沢の強い、紫繻子の支那服が、その日の劉淑春を別人のように、華やいだ雰囲気で匂いたたせている。

逢う度に美しくなつておどろかす人だと、わたしははじめてみる淑春の、念入りに粧いをこらした顔をみなおした、服にふさわしく、その日の淑春はあでやかに化粧して、きやしやな刺繡入りの支那沓にまでこまやかな心をくばつていた。髪にパーマがかかつたせいか、二つ三つふけてみえるのも、かくされていた女らしさをさそいだしたようで、珊瑚色に描いた唇のふくらみが、女の目にもみづ〳〵しく映つた。

淑春はわたしだとみとめると、立ちあがつて、ていねいに火事の時の礼をのべた。

わたしは彼女の婚約についてふれまいと、陳恵生の安否をたずねてみた。

「あれつきり…音沙汰ありません……でも、あの人はどこにいつても、自分の世界をつくりあげてゆきます。もちろん、ここでいるより幸福にちがいありません」

劉淑春はわたしにわからせようとするためか、それとも、自分自身にうなづかせようというのか、それだけの北京語を、たいそうゆつくりとした調子でつぶやいた。睫《まつげ》をふせた瞳が自分の心の中をのぞいてでもいるようであつた。わたしはふたりのために、一刻も早く、その部屋を出るべきだと思つた。

藤江貴司は匆々《そうそう》と帰りをいそいだわたしを門まで送り出てきた。槐《えんじゅ》の木が一本だけ、影をおとした殺風景な院子《ユアンズ》を横ぎりながら、藤江貴司が声をおしだすようにいつた。

「僕また、明日から旅に出ます。今度はいよいよチベットへ入れそうなので……」

「新聞みましたのよ。劉さん、どうなさるの？」

「明後日、婚礼です。今日は別れのあいさつにきてくれました」

「…………」

「上海で暮すことになるそうです」

彼の方が、眼鏡のかげに涙をかくしているのではあるまいかと、わたしは顔をみることができなかつた。

二十分にもたりない時間であつた。

陳恵生なら、当然愛する人とともにチベットへはしろうとしたであろう——もしかしたら、今のふたりは、逃亡の密かな打合せにふけつていたのではないだろうか。ことさらしい劉淑春の盛粧は、監視の強くなつた家の目をたぶらかすための擬装ではなかつたのだろうか。逃亡、脱走、逃避行、駆落……はては道行などという古風なことばまで思いうかべながら、白昼の北京の街を走る洋車の上で、わたしは万木荒涼のチベット高原を、からみあつて逃げのびてゆくふたりの姿を描いているのであつた。

その時、とつぜん、洋車の上でわたしは、はつとからだを硬直させていた。一つの想念がわたしの心を波だたせてくる。あのふたりは、死の相談をしていたのではなかつただろうか。薄暗い部屋によどんでいたあの無気味な静けさ。かわききつた劉淑春の冷いほどの瞳の色は、死を覚悟したものだけのもつ落つきではなかつただろうか。旅に出るという藤江貴司のあいさつは——次から次へ描いてゆく妄想に声をあげそうになつた時洋車の止つた音がわたしをすくつてくれた。

わたしの嗤うべき妄想は、もののみごとに裏切られ、それから二日後の華字新聞の夕刊には、劉淑春のウエディングドレスの姿が、新郎の社会的地位のせいか、驚くほど大々的にあつかわれていた。

花嫁の腕をだいた新郎はストコフスキイばりの銀髪の、品のいい紳士にみえた。写真までは、日本政府の干渉も及ばないのか、それだけは極度にアメリカナイズされたポーズの多い北京の結婚写真の例にもれず、劉淑春たちのそれも、気恥しいほど、ぴつたりと頰をよせあつている。かすかに笑みさえうかべた劉淑春の顔は、ひどくなまめいたなまなましい表情に写つていた。藤江貴司は、その後予定通り、チベットへ入つたのか、杳《よう》として北京から消息をたつてしまつた。

その後三ケ月もたたないうちに、突如として、終戦になつた。

藤江貴司も生きて内地の土をふんでいたのかと、わたしはハトロン紙の封筒をつくづくながめなおす。K市の大学に奉職しているらしい藤江貴司も、今では四十をいくつかこえた、中年の紳士のはずであつた。

ふたたび、みるべくもないかつての北京のまぼろしが、望郷よりもせつない哀惜の情をかきたててくる。藤江貴司や劉淑春や、陳恵生の、青春の哀歓の数々を鏤めたまま、あのアカシヤやリラの香につつまれた閑雅な古都はどこへ消えてしまつたのであろう。

力強い革命をとげた若々しい中共の進歩的北京へ、陳恵生や劉淑春は帰燕しているだろうか。妻や夫を愛人とよびあい、離婚も再婚も淡々と討議にかけて行うという今の北京で、劉淑春は新しい人生をふみだしているのであろうか。

定められた規道を、平凡に平和に歩むばかりとしか考えられなかつたわたし自身が、夫とこどもにわかれ、女ひとりの生活を、今あらためてふみかためていると伝えたら、彼女たちは、どんな目つきをすることであろう。

金城公主は、ついにチデックツェンとの間に一児ももうけず、唐と吐蕃との間におこつた再三の戦いに、心を労しつづけ、淋しく異境にはてていつた。死の数年前、インドのザブリスタンの王にあてて、単身逃亡をくわだてた密書を遣っているのも、悲運な王妃の最後の心の悶えをみるようで、あわれをとどめている。

金城公主とも劉淑春ともつかぬ淋しげな女の俤がわたしの目の中いつぱいにひろがつてゆき、それはみるみる、東洋風に眦《まなじり》のあがつた、諦めを湛えたひとつの瞳に凝縮してゆく。やがてその奥から中国の影絵のように、ひとつの街がゆらめき滲みながらあらわれてきた。悠久の歴史の重みにたえかね、滅びの前の美しさにきわみなく耀いたあの北京が。

塘沽《タンクー》貨物廠

塘沽《タンクー》の港に、じつは、LSTが一艘も居ないのだという。その噂はどうしたわけか、たいそう秘密めかしく、アンペラの壁から壁へと、野火のようなひそやかさと、す速さで伝っていった。やつぱりと……いう想いが声にならないで、貨物廠の中は、一瞬、しいんと不気味な沈黙でみたされた。誰の胸にも予感はありながら、正体の掴めなかつた事態の実体がのみこめてくると、急に六百人の沈黙は爆発した。

LSTが居ないということは……しかもわたしたち引揚部隊が、この塘沽貨物廠に荷物をおろして二週間もたつ間……わたしたちの存在が、完全にアメリカ側から見捨てられていることを意味していた。明日は、明日こそは、という期待に追いかけられ通しで、ふりかえつてみる閑もなかつた貨物廠暮しの二週間が、重苦しい記憶になつてくる。

部隊長や渉外課が無能ぶりを難詰され、批難の矢面に立つた。しかし彼等を責めたところで、どうなるものでもないことを、わたしたちは知つていた。

五月中旬に出発した北京近郊の集結部隊の引揚を、アメリカ側は華北一般居留民の最後の引揚部隊だと解釈して、LSTを一艘のこらず、内地へかえしてしまつたのだ。

わたしたちは、その後で虱つぶしに探しだされ、半強制的に帰国命令を受けた。終戦から一年近い月日を、集結から逃れて、中国人の中に隠れるように住んでいたものばかりだつた。余程の莫大な財産か、別れ難い中国人の家族や愛人にひかされ、北京に執着の絶ち切れなかつた者たちが半数を占めていた。あとは、内地に苦い過去や、事情を持つているものか、引揚者としての最低の帰国旅費も、これまで都合のつかなかつた連中であつた。

わたしたちの班でも、班長の相沢一家や桂木老人などは前者に属し、山田筆子やわたしたち夫婦は後者組であつた。

山田筆子はおそらく、今度の引揚者じゆうでの無産者の代表格だつた。洗いざらしのアッパッパ一枚の下にはシミーズもなく、はだしにちびた下駄ばき、タオル一本持つていなかつた。

ここへ着いたとたん、筆子はわたしにすりよつてきて、

「ね、ちり紙くんない。おしつこにいつてくるから」

と、にゆつと手をつきだしてきた。

それでも、ここへ着くまでは背中に行李を二つも背負い両手に一つづつさげて、女強力のようなかつこうをしていた。それは班長一家の荷物を旅費代りに内地まで持つという契約なのだと、すぐわかつた。

班長の相沢氏はKレコード北京支店長で荷物の多いことは一日めで部隊中の一つ話になつた。十三個の行李と三つのリュックサック。許された携帯荷物の量は、からだにつけて持てるだけという規則だ。とても四十すぎた相沢夫妻と、十二の女の子の自由になる荷物ではない。山田筆子のような労力奉仕者が他班から二人も来ていた。

二週間余りも、することもなく起居を共にしてきたので、いつ話しあつたとも覚えないままに十人の班員はお互いの身の上がわかつてきた。同じ班員ばかりか、他班の者のことまで、つ

まり栗林まり子の素姓とか、安藤圭子の事件まで、誰からともなく伝つてしまうのだつた。

わたしたちの班でも、無口な原俊吉が、壁ぎわで自分の膝を抱き、ぼんやりしている時はまだ思いきれない中国娘の想い出にふけつていることがわかる。坂口父娘が外観が似ていないのと同様に、全然心の通いあわない奇妙な親子であることも、わかつてきた。

山田筆子が前線にいた慰安婦の、なれの果だということは、もう部隊じゆうがしつていた。


田舎の小学校ほどもある細長い貨物廠の中は、正面中央の入口を中心に、十字形の通路をとり壁にそつて、床上り一尺ばかりの板張りの床がはりめぐらされている、その上をアンペラの間じきりが櫛の歯型にならび、一班を六畳じき位に区切つてあつた。

入口の上り口には、何の覆いもないので、どの班も通路からまる見えだし、通路ごしの向いあつた班の奥までお互い見透しであつた。その一区切りに、一班十人の荷物と人間がおしこめられ夜は二列に足つきあわせたざこ寝なのだ。

これらの設備は、終戦後間もなく始つた在留邦人の引揚作業と同時に作られたものだ。北京から塘沽までたどりついた引揚者が、LSTに乗りこむまでの、一晩か長くて三晩の仮りの宿であつた。したがつて、小さな明り窓さえ数えるほどしかない壁には、棚一つあるわけでなかつた。

これから、アメリカ側の気がこちらへむき、LSTが迎えにきてくれるまで、何十日、或いは何ケ月ここに滞在しなければならないのかと、あれもこれも堪えていた不自由が改めて苦になつてくるのだ。

ある朝、桂木老人は、朝飯の碗の中から、ごはん粒をとりわけていた。

「何かつくられるのですか?」

無口な原俊吉が珍しく声をかけた。

「いやあ、なに、ちよつと……はつはつは」

老人は白いカイゼルひげをふるわせ、照れかくしのような笑い声をあげた。七十五才の桂木老人の手は、年令相応に肉は落ち、しみの浮いた皮膚はたるんでいたが、顔の艶はよく、目の輝きはどうかした拍子に壮年のような活き活きしたものを湛えた。

その日の昼すぎ、わたしたちは、桂木老人が昼寝をしている枕元のアンペラの壁に、一枚の新しい壁かけが下つているのを発見した。

食糧を入れて来たらしい四角な罐の蓋に、赤い包み紙を張り、額縁のような壁かけをつくつていた。真中にはセピア色の一葉の写真が張りつけてある。

わたしたちは思わず顔をみあわせて明るい笑い声をあげた。老人は薄い背中を、ぺたつと何も敷かない床板に張りつけるようにのばしたまま、みんなを見上げて片目をつぶつてみせた。

わたしたちはまた笑い声をあげた。その写真には、ふつくらと豊かな頰と唇をした、どこかあどけなさの残つている美しい婦人と、十二三歳と、十歳ばかりの二人の少女が写つていた。三人とも上質らしい支那服を身につけている。

ここへ来る前、北京で中国側の厳重な身体検査が行われた。少年のような若い二人の中国兵は桂木老人の胸のポケットから、写真をつまみだした。興味深そうにその写真をながめていた中国兵は、

「お前の娘か」

と美しい婦人を指さした。桂木老人はやせた胸を突きだすようにして、せきこんで答えた。

「不是《プーシー》、我的太太《ウオーダタイタイ》」(ノウ私の妻です)

「曖呀《アイヤア》!」

中国兵は老人と写真をかわるがわるみくらべた。あたりからどっと爆笑がおこった。

その時の写真が今、麗々しく壁に飾られたのだ

「長期戦の体制だよ、はっはっは」

西式健康法を信奉している老人は板の間に寝るのは快適だとばかり、長々と手足をのばしたまま、あいかはらず下からわたしたちをみあげて哄笑した。

桂木老人は弁護士を開業して、北京で五十年余り暮したという。彼の若い妻と彼は四十歳もちがっていた

原俊吉が、いつもの口の中にこもったような声で、きいた。

「桂木さんは、ここで長びくと決ったら奥さんや子供さんを面会にお呼びになりますか?」

老人はまっすぐ仰臥したまま、斜めにじっと俊吉の青白い顔をみあげた

「わしは呼ばん！　みれんがのこるからのう。しかしあんたは、もう一ぺん呼びなされ。ただし、来ると自信があるならじゃ。あるか？」

俊吉は、頼りなげにぼそっとうなづいた。

「ええ、まあ……」

「そんなら呼びなさい。若い時は二度は来ん」

P大工学部の講師をしていた原俊吉は、二十七才の独身だった。授業料滞納で停学命令を受けかかった白麗英の危急を救った。麗英は色の白い、中国の女にしては小柄な目だたない少女っぽい学生だった。孤独に近い身の上だとかで、麗英は俊吉の洗濯などを、おずおずと申し出たりした。人づきあいの少い俊吉と、地味な性質の麗英は、麗英が卒業するまでの二年ほどの間に、深く愛しあうようになっていた。麗英の学資は、俊吉が最後までみてやった。そのため、かえって俊吉は麗英との結婚がきりだしにくくなった。

渉外課の栗林まり子が口紅をつけているといいだしたのは、相沢夫人だ。

「あんな命令を出しておきながら……」

相沢夫人は、班の前を通りかかる女を、一人々々つかまえては、部隊長と栗林まり子の批難を情熱的な口調で訴えつづける。わたしたちの班は十字に交叉した通路の一角に位置していたので一番出入りのはげしい中央入口のわきにあった。その気で部屋の上り口に坐ってさえいれ

ば、各班の通行者を片つぱしからとらえることができた。

「ねえ。あなた、あんまりじやありませんか」

栗林まり子なら、部隊長はどんな規則違反だつてみのがしてやるんでしょうかと、相沢夫人は白眼を血ばしらせてくやしがつた。

『巡廻の中国兵を刺戟しないため、男子は放歌高吟を慎み、婦女は化粧を遠慮すること。濃き口紅、黛は特に厳禁』

そんな珍令が部隊長の名で発令されたばかりであつた。

ここに着いたその日から、部隊長は上布の和服に錦紗の帯をまきつけ、大陸の夏の日なかに、白足袋をはいている。六十七歳の湯地鹿平は、華北きつての金貸であつた。華北に残してきた財産がどれほどあるかは想像もつかないといわれていた。脂気がぬけきつて、しぼんだような老妻に終日、腰をもませながら、毛布を五枚重ねた上に寝ころがつてばかりいた。

退屈しのぎにひねり出したとしか思えない部隊長のこの命令に、女たちは一応鼻白んだ。けれども事実上、捕虜同然で、豚箱暮しと大差がない今の境遇では、化粧さえはりあいがなかつた。いいかげん飽き飽きしていたので、発令後二日目には、かえつて気楽なくらいだと、すつぱり命令が滲透していつた。

この命令に、一番手ひどいショックを受けたのが相沢夫人らしかつた。同じ班にいてさえ、わたしたちはこれまで、相沢夫人の素顔をぜつたいにみたことがなかつた。就寝中も化粧は落さないのではないかと思うほど、朝早く目をさまし、こつてりと厚化粧をしていた。

その彼女が、誰よりもおくれてあきらめ悪く、素顔を現わした時、さすがに正視出来なかつた。厚塗りのかげからむきだされた相沢夫人は、頭が薄くなつても艶々脂光りしている相沢氏より、明らかに十歳は老けていた。

相沢夫人の悲憤慷慨は、一時間とたたないうちに、栗林まり子の耳に正確に伝つた。

まつ赤なブラウスに白いショートパンツのまり子が、入口から一直線に相沢夫人の方へ突進してきた。外のまばゆさの中から、急に薄暗い貨物廠の中へ入つたためか、まり子は相沢夫人の真前でたちはだかり、大きな目をゆつくり二三度目ばたきさせた。まだ外気のきらめきを、そこにともしているような栗色の長髪を一ゆすりすると、まり子の顔に、獣めいた野蠻な表情がみなぎつた
「おいつ、ちよつと顔をかしな」

ことばより速く、長いはだかの腕がのび、相沢夫人は肩をつかまれていた。

「な、なにをするんです！　失礼な！」

そのまま、相沢夫人はずるずると通路にひきずりだされた。五尺三寸はある、まり子の肉付のいいからだには、若いたくましい力があつた
「た、たすけてえ！」

はだしのまま、通路をひきずられ、相沢夫人が悲壮な叫び声をあげた。

「ようようっ」

入口の外では、待ちかまえていたように誰かがはやしたてた。

山田筆子のどす黒い顔が満面で笑いながら声をあげている。まり子に告げたのは筆子なのだろう。

男たちが池の方へ水浴に出はらっていた時間なのが、相沢夫人の不運だった。

建物のつくる陽影に涼をとりにでていた女たちは、我しらず二人をとりまく形になった。

「へん、あたしが口紅つけてるかどうか、お前の目が節穴でなきあ、みてみなよ。おてんとさんの光りのなかでさ」

まり子が、唾でゆっくりなめまわし厚い唇をつきだした。ぐいっと、相沢夫人の顎を押し上げ陽光の中へ仰向かせようとする。相沢夫人は、気狂いのようになって拒んだ。手足をばたつかせて、ぜいぜいもがきつづける。

見物の女たちの顔には、一様にうつすらと笑いがおしころされていた。相沢夫人に同情するよりも、目の前の相沢夫人の醜悪さがこっけいなのだ。さえぎる雲一つない、七月中旬の大陸の午さがりの陽光は、あまりに強烈で、あまりに猛々しく、人間の感情からも水っぽいものは一滴のこさず吸い上げてしまうのかもしれない。それに何より、わたしたちは単調さに退屈しきっていた。

「ようよう、やれ、やれ!」

あいかわらず、調子つぱずれのかけ声をあげている山田筆子といつしよになつて、からだをゆりうごかして、手を叩きたいような荒々しい衝動が、誰の身内にもつきあげてくる。相沢夫人の顔は、汗と涙で濡れ、手足をばたつかせ、意味も聞きとりにくい、喚き声ともつかぬ悲鳴をあげつづけていた。

「へん、おまえさんみたいなホルモン不足たあ、わけがちがうんだ。唇が紅くつて悪かつたね」

じぶんの方が、陽光に目まいがしてきて、まり子がやつと、哀れな獲物を突きとばした。相沢夫人は、かわききつた黄土の上に尻をついた。と猛烈な勢いで尻の方からはね上り、後をもみずに貨物廠の中へかけこんでいつた。見物の女たちは、さすがに白けた表情になり、また、建物の影の中へかえつていつた。

闇が濃く籠つているので天井が無限に高く思えた。板張りの床の上にござ一枚、毛布一枚。背の肉は固さと痛さになれても、毎夜この闇に目を凝らすたび、夜の海にでも流されているような頼りなさが、背骨のまわりをうそうそと冷くしてくる。床板ごと奈落の底にひきずりこまれていくような奇妙な錯覚には、いつまでもなれることがなかつた。人間が闇に塗りこめられてしまうと貨物廠が、貨物廠としての本来の性格を取り戻してくる。建物の巨大な闇いつぱいに、不気味な圧力が漲り、じわじわ押し殺しそうに襲つてくるのだ。いびき、歯ぎしり、うなされる声、寝言……アンペラの溪間の中から洩れるそれらの声が、拷問に堪えるうめきのように、闇の中にたちまよう。わたしの悪夢がうごめきはじめる。どろどろの血膿、かたむく膿盆、ゆれうごく血みどろの肉塊、白いもの……骨、なまぬるく内股を這うものの感触。この部隊に加わるため、麻酔もかけず堕してしまった、四ケ月のわたしの胎児の顔のない首、爪、ちぎれた指……全身の骨がたわみ、失神しそうな激痛……。毛布の中でうなされたわたしの腕を、浩輔が爪のたつほどつかんでいた。全身に、ねっとりと脂汗をかいたまま、乾ききった口をあけ、わたしは荒くあえいだ。からだじゅうが虚脱した無気力さで、わたしは夫の手をはらいのけ、だるく寝がえりをうつ。冷い女の髪にふれる、坂口美也子がまた泣き声をかみころしている……けはい……闇の中に、しだいにおさえきれなく昆虫の翅音《はおと》のように、性急に高まる息づかい……坂口美也子のすすり哭きではない。行李のかげの相沢夫妻のみえないうごき……匂いが闇をゆれうごかす……からみあい、よろめく跫音《あしおと》、行きすぎるすっぱい強いわきがの匂い……奥の班から、今夜も中国人の妻を建物の外につれだす島村の、しのんだ跫音が遠ざかっていく……。待ちかねていたようなしのび笑いそして後をつける跫音……「強いなあ、やっこさんたち」聞えよがしの野卑な囁き、それをかき消してたえいるように闇をつんざいてひびく細い声、安藤圭子の夢の中からさけぶ悲鳴。咳、いびき、歯ぎしり……闇、夜の中からきりとられ凝縮された貨物廠の中の重い闇……

跛で背むしの大石倉吉が、急ぐため、よけい足をひきずりながら山田筆子をさがしにきた。

「筆ちゃん！　大へん、すぐおいでよ」

倉吉はからだの醜さのうめ合せをするように、顔の手入れに全力をそそいでいる男だ。どんなにあわてて走ってきた今でも、べつたり、なでつけた髪の毛一本乱れていず、蒼白な皮膚は、爬虫類を想わせるように光っている。しやれた縁なしめがねと鼻下のコールマンひげ、倉吉は、からだとおよそ不釣合な、じぶんの顔のこつけいさに気づいていない。こどものとき、横浜で支那人の仕立屋にすみこみ、その一家について北京へ渡ってきたまま、十年余りすぎていた。麻雀と亜片で年中無一物だつた。筆子といつしよに、相沢家の行李をかついで来たなかまだ。

「すごいわよ！　筆ちゃん、早くおいでよ、早い者勝よ」

倉吉は女のようなことばを使う。

建物の裏で、洗濯ものをしている女たちにまじつていた筆子は、めんどくさそうに倉吉の方へ歩みよつた。

「なにがすごいのよう。百万円がおつこつてたつて、ここじや何の役にもたちやしないよ」

「そ、そうじやないつてば。いやあね、早くおいでつたら。荷物なのよ、すごい荷物」

山田筆子は麻紐にほしたズロースにさわつてみた。まだ、生がわきのズロースは、汚れたいかのようにしめつたままぶらさがつている。ちえつと舌うち一つのこすと、山田筆子は倉吉にせきたてられ勢いよく走つていつた。ひるがえるアッパッパの下は、もうからだだけだ。

夕食まで姿をみせなかつた筆子たちが、たいへんな荷物を両手にぶらさげ、意気揚々と帰つてきた。バケツ、鍋、釜、飯蓋、アルミ食器。大工の渋谷留太などは、壊れていないのかどうか、大きな魔法びんまでバケツの中に入れている。

貨物廠の裏庭の奥に、これまでの引揚者が捨てて行つたがらくたの山が、うづ高く風雨にさらされていたのだ。渋谷留太がそれを発見した。あらゆる無理をして、力のかぎり背負い、ここまで持ち運んだ荷物を、どうしても船に積みきれず、すてていつたものらしい。なかには、八反のふとんや、ビロードの衿のついた赤い夜具などまであつた。

留太、倉吉、筆子たちは、急にいそがしくなつた。がらくたの山をほつくりかえすと、下からまだ使用にたえるメリヤスや毛の下着類、汚れた袷などがひきずり出されてくるのだ。鍋や釜は赤土でみがき石でさびをおとした。薬かんのゆがみは念いりに叩き直した。ふとんがわは洗い、綿は夜露にあて陽に乾した。真夏の太陽は、綿をふつくり生きかえらせた。

ゆがみなりにも筆子は針を持つた。

「あたいだつて、生れた時から男をのつけてばかりいたわけでもないさ」

筆子は糸切歯でぶつつと糸をきるしぐさが、うれしくてたまらないように、黒い顔の相ごうをくずした。けれども倉吉の針をもつ手つきには、とうてい適う筈はない。筆子はいつのまにか、ひざの布をなげだし、倉吉の微妙にうごく短い指先にみとれていた。

「ふーん、やつぱり餅は餅やだねえ」

「いいえ、そんなでも……。ぼく仕事している所、女の人に見られるの好きじやないのよ。何だか恥しいの」

倉吉はぬめぬめした皮膚に、ほんとに血の色をのぼらせている。洗つたふとん袋で、もう三つめのリュックサックが仕上りかかつていた。シーツの傷んでいない所をたちあわせ、倉吉は筆子にズロースも縫つてやつた。

「昨夜もかい？　倉さん」

筆子は太い脚を倉吉の横へ投げだし、うしろに手をつきながら、くすぐるような目をした。倉吉の目がちらつと、ずるそうに筆子をみかえした。

「へへ……ぐうぜんよ……」

「何がぐうぜんさ、ちやあんと見てたんだよ。あの支那人の女の夫婦が行つたあとから、お前さんすぐ出ていつたじやないか。いくら闇だつてお前さんの足音はびつこだもの、まちがいつこないよ。あたいは、上りがまちに寝ているんだからみんな知つてたさ」

「それはどうも…へへ……」

倉吉は手を休めず首だけちぢめてみせた。

七班の島村が、中国人の女と別れきれず、とうとうどんな無理な手続をしたものか、内地へつれて帰ろうとしているのだ。頬骨が高く、口の大きい、ひどくわきがの匂うその女が、ほとんど毎晩、島村を戸外につれだすことは、もう一つ話になつている。便所へ行くふりをして、その後をつけた者も一人や二人でないらしい。筆子は亜片で不能になつている倉吉が、誰よりものことに興味を持つているのを知つているのだつた。

筆子たちが一通りの荷物を拵えあげてしまつた後になつても、まだアメリカ側からは、何の連絡もなかつた。

八班の班長釜山邦雄が、元共産党闘士という履歴をかわれ、班長代表に選ばれた。中国側とアメリカ側の管理所へ、直接、事態の見透しを訊きにいくことになつたのだ。部隊長並びに渉外課に対する、明らかな不信任行為であつた。


事のおこりは、おでこで鼻の高い美人の釜山夫人が、味噌汁の実が毎日減つていく事実を発見して、わたしたちの前途を、もつと危惧すべきだと云いだしたことからだ。八班は毎朝、釜山夫人が、近眼鏡を湯気で曇らせながら、味噌汁の実をたんねんに数えあげ、平等に分配していた。わたしたちはもうとつくの昔に、かくれて食べる間食のひとかけさえ無くしていた。中国側から支給される朝夕二回の食事だけが、飢をみたし、体力を保つていく源泉になつている。こういつまでも当もなく待つていては、支給される食物の質はますます低下し、わたしたちの体力は、リュック一つかつげなくなるかもしれない。それに方が一、冬までここにおかれるとしたら……冬を越さないとはどうして云いきれよう……貨物廠の広い裏庭には、まだ数えきれないくらいのテント小舎が残骸をとどめていた。

引揚作業の活潑に行われていた頃、貨物廠の建物の中だけには収容しきれず、構内の空地に、所せましと、テント小舎を張り、そこに一夜を明かしていつたものらしい。テントのはいい方でドンゴロスやむしろばりのものさえあつた。中は堅穴式に土を少しほり下げ、むしろをしいてあるだけだ。雨露にあてつぱなしで、とりこわしもしてないそれらの小舎は、もうぼろぼろにこわれかけていた。テントの小さな破れ目にも、ちぎつた綿やちり紙を、たんねんにつつこんですきま風をふせいであるのをみると、この中で冬の夜を明かしていつた人々の、凄じい寒さが思いやられるのだ。がらんどうの巨大な煉瓦造りの貨物廠の中が、これらのテント小舎より寒くないとはいいきれない。空襲も戦時の欠亡状態もしらないまま、のんびり北京で終戦を迎え、支配者側から一夜にして敗戦国民になつたわたしたちにとつて、一番実感をともなつて想像しうる恐怖は火のない大陸の冬の寒気だけであつた。夏の間にぜがひでも、ここを出発しなければならない。みんなそれぞれの理由から、帰国をさほど望んでいない引揚部隊ではあつたけれど、今となつては、誰の胸にも帰心だけがさかまいていた。

藺色の麻の背広に、黒い蝶ネクタイをしめた釜山邦雄は瀟洒な紳士ぶりだ。

「へえ、なかなかいい男つぷりですなあ、あれが共産党のあの釜山とはねえ」

坂口金之助が短い首をのばして釜山を見送つた。

一まわりは年下にみえる釜山夫人が、つんととがつた鼻にめがめを光らせ、かいがいしく、夫を入口まで送り出していく。

「頼みますよ」

「しつかりやつてください」

どの班の中からもかけ声がかかつた。

一々かるい微笑でこたえながら、往年の闘士は、花道をゆく役者のように狭い通路を通つていつた。部隊長と渉外課のいるアンペラ壁にさしかかつた時、ひよいと、女がとびだして釜山とならんだ。目のさめるような原色の緑のワンピース、渉外課の栗林まり子だ。

「あたしもいくわ。交渉には女のいた方がまとまりやすいのよ」

釜山夫人の白い頬がひくひく痙攣した。釜山じしんは、ちよつと立ちどまつて、まり子の頭のてつぺんから足の先まで、すばやく見おろすと、どういう魂胆か
「おねがいしましよう」

と慇懃にまり子を自分の先にたてた。

「御両人！」

間髪を入れず黄色い声をあげたのは背むしの倉吉だ。

釜山夫人は廻れ右をしてさつさと自分の班に帰つてしまつた。

栗林まり子が渉外課のしるしの青い腕章をつけているのは、湯地部隊長とも、渉外課長の青木謙二ともねんごろな関りあいがあつたせいだといわれている。椿姫を気どり夜来香《イエライシャン》を紋章が

わりにした北京のマリーといえば、金のある中国人しか相手にしないので有名だつた。終戦後、一番有力なパトロンが漢奸《かんかん》狩りにひつかかつて以来、日本人をも相手にしだしたのだという。マリーを通してなら、この部隊にも太太《タイタイ》づれですましかえつた紳士面の中にも、他人でない者が多い筈だと、背むしの倉吉はにやにやした。

倉吉はまり子の支那服を縫つてきたので、まり子のその折々のパトロンまで知つていた。まり子や筆子のような生活に、倉吉は異常にひかされるようだつた。S少女歌劇のダンシングチーム出身というまり子のからだは、日本人ばなれした均勢だと倉吉はじぶんのことのように自慢した。

「あの女、上海のキャバレーで裸で踊つていましたよ。髪の型が変つてたので、はじめ、気がつかなかつたけれど、ぜつたいあの女です」

坂口金之助は釜山といつしよにまり子の姿がみえなくなると、例の如く床に仰臥している桂木老人につげた。

坂口一家は上海で終戦を迎え、二ケ月前北京へ移つてきたばかりで、この引揚に加つたのだ。娘の美也子と共に、持ちものや衣服は、ずばぬけて金目がかかり、垢ぬけていた。ジェームス・キャグニイ型の父親に似ず、美也子は細面で、鼻のまわりにうつすらとそばかすのういた色の白い女だ。淋しそうな表情のせいか、老けてみえるが、二十三だという。

「あの娘、失恋でもしたんだよ、きつと」

山田筆子が二日めにわたしに囁いたほど、無気力で陰気な目つきをしていた。夜のなかで、よく声をしのんで泣くくせがある。父親の金之助は、この無口な娘をもてあまし気味であった。じぶんは上海に残してきた中国人の情婦と、今、内地へ持ちかえろうとしている新発見の特殊化粧料だけに心を奪われていた。

夕飯の時間が来ても釜山とまり子は帰って来ない。事態の重大さが想像されて、何となく重苦しい空気が、いつもより食事の時間を静かにさせていた。

夜になって、やっと二人は姿をあらわした。

「あの宋って将校、ちょっといけるわねえ」

まり子のひどく酔っぱらった声が、まず一同を総立ちにさせた。もう立っていられないほどに泥酔したまり子を、釜山が肩にかつぐようにして入ってきた。

「何だ、何だ」

「そんなざまってあるか」

殺気だった男たちが、ばらばらっと、二人の方へかけつけた。と、まり子がずるずる正体もなく釜山の肩からすべりおち、その場に嘔吐した。気色ばんでとりまいた男たちは、思わずうしろへとびすさった。

釜山は声を大にした。

「諸君！　われわれの帰心矢の如き真情は、全力をあげこれを力説し中国側並びにアメリカ側の誠意ある解答を待つことに、こぎつけてまいりました」

何時まで待てばいいのか、かんじん要の所は何の要領も得ない。それ以上つつこむことさえばかばかしく、もうだれも釜山の方をふりむいてみようともしない。考えてみれば、はじめから、こんな結果はわかりきつていたような気がした。

安藤圭子がとうとう自殺未遂をした。自殺未遂ということばは、たいていの場合、当事者以外には、どことなくこつけいみをさそうものだ。けれど安藤圭子の場合にかぎり、かえつて、彼女の事件の悲劇性を深めたようである。

圭子の顔をみた者は、圭子の属す六班以外にはなかつたが、北京で圭子の身におきた事件は、誰知らぬ者がなかつた。

王府井《ワンフーチン》に店舗をかまえた貴金属商安藤家の長女圭子は終戦後、街頭で中国兵に拉《らっ》し去られた。それが三日めの朝、洋車におくられて帰つて来た。圭子は血の気の失せた顔に、目だけ異様に光らせていた。何をきいても唖になつたように、それ以来、口をきこうとしない。圭子の身柄と引かえに、どれほどの金を要求されてもかまわないと覚悟を決めていた安藤家の憶測は裏ぎられた。陳と名乗る若い重慶軍の将校がやつてきて、圭子を嫁にほしいと云いだしただけであつた。

陳は毎日来た。圭子は陳の来たことを知ると、蒼白な顔からなおいっそう血の気をなくし、石のようにからだを固くした。誰が何といっても立とうとしなかった。

陳は圭子にあわせてくれと泣いた。圭子が輪姦の辱めをうけたものと思っていた両親は、陳の毎日の訪問にむしろ救われた気がした。それでも圭子が、金の鑑定に使う硫酸のびんに手をつけようとしたので、あわてて一家は、陳の目から行方をくらました。圭子が内地に帰りたがらなくなったのが不憫で、金に困らない安藤夫妻は、永久に北京に残ろうと決めていたのだ。これが最後の引揚げと帰国をすすめられてみると、やはり心細さがつきあげてきた。老後は内地に帰るつもりだったので、金の三分の一は内地に送り、土地を買ってあった。たとい、内地が完全な焦土になっていたところで、土地だけはある筈だ。厭がる圭子をなだめすかし、やっと、この部隊に加った。

圭子は一番奥の壁ぎわに、入口に背をむけて寝たまま、一日中、外へ出ようともしなかった。便所へいくのさえ、出来るだけ真夜中にする。どうしても、昼間いかなければならない時は、みんなが外へ涼みにでて人気の少ない時をねらう。ネッカチーフで深く顔をかくし、うつむきこんで走るので、誰も顔をみることができなかった。

王府井の安藤の娘といえば、中国人の間にも名を知られた美人との話であった。

真夜中、圭子は安全かみそりの刃で、左手首を切った。毛布のなかなので、となりに寝ている母がもう五分気づくのがおそかったら圭子は、助からなかっただろう。

「けいこ、けいこう……」

笛をふくような安藤夫人のさけび声に部隊じゅうが、事件をさとつてしまつた、意識を失つた安藤圭子を病室へ送ることははばかられた。滞在が長びいたので、中国側の管理所に病室がもうけられ、七八人の病人が軍医の手当をうけていた。誕生日前の赤ん坊が一人、自家中毒で昨日から危いといわれている。明らかに自殺を図つたとみられる安藤圭子の事件は、中国側に知られたくない問題だ。血なまぐさいうすべりがふきとられ、圭子はやはり壁際に昏睡状態をつづけていた。

「大丈夫、あの娘は助かるよ。骨細で脂肪質なのがよかつた」

手当にかけつけていた桂木老人が、さすがに疲労の滲みでた顔で帰つてきてつぶやいた。

「美人でした？　やつぱり？」

坂口金之助が興味をそそられた顔つきで訊いた。

「うん。死にたかつた若い女だ。だれでも美人にみえるものじやがのう」

桂木老人は、ゆつくり手足をのばし、天井を仰ぐいつもの姿勢になつて、金之助を横目でみすえると、声をひくめた。

「坂口さん、あんたの娘も気をつけてやりなされ」

坂口金之助は反射的に猪首をのばし、すばやくあたりをみまわした。美也子の姿はなかつた。

「ええ、まあ、何しろ陰気くさいやつでしてねえ。死んだ女房とだんだんそつくりになつてきやがる……東京にいるあれの妹は、顔だちからしてちがいましてね。こう、ぐつと、派手で陽気なやつですよ。わたしはどうも妹の方と性が合うらしくて」

桂木老人は、きいているのかいないのか、身じろぎもしないで目をとざしていた。

「姉の許婚者が、妹の方とできてしまいましてねえ。わたしにとつちや、まあどつちでもいいようなもんですが」

「……そんなことだとさつしていたよ」

「器量は姉の方がいいと云われていたんですがねえ」

返事のかわりに、老人のいびきがふいごのような音をたてはじめた。

坂口美也子にしろ、原俊吉にしろ、わたしたち夫婦、または、のんきそうにいびきをかく桂木老人にしても、内地に何の期待もかけているわけではなかつた。

桂木老人は、骨をうづめに帰るのだといいながら、誰よりも、食物をよく噛み誰よりも規則正しい散歩を励行し、四六時中健康に留意しているのだが、――その悟りすましたような顔の裏から、ふいに、見る方の背が冷たくなる孤独な影がのぞくのであつた。

死ににいく時、だれにもみつからないように、こつそり出かけていく象の習性を、老人は興味深そうに語るのだ。桂木老人としては、これ以上の老醜を、中国人の若い妻や娘の眼にさらしたくないダンディズムを、貫くつもりなのかもしれない。

終戦を境に、原俊吉と白麗英の間で、保護者と被保護者の関係が逆転してしまった。孤児同様だった白麗英の伯父が、重慶からの凱旋将軍の一人として北京に現れた時から、俊吉は麗英への恋をたちきろうとした。飾れば飾るほど美しくなる麗英に、絶望的なコンプレックスを感じた。俊吉はこれまで、洗いざらした藍布の長衫に素顔の麗英が、彼女のすべてだと思っていた。

麗英は伯父が開いてくれた俊吉への感謝会の宴席では、一分のすきもない貴族の娘の気品と威厳で、堂々とした主人ぶりを示した。従兄たちとの応接ぶりも機智とユーモアにあふれ、そんないきいきした麗英の笑顔を、俊吉はかつて、みたことも、想像することもできなかった。

麗英が変ったのではなかった。俊吉の方が、卑屈に、惨めに自分の恋をいじめつけていったのだ。麗英の伯父や従兄たちは、小柄な俊吉などくらべようもないほど、堂々と鍛えあげた体軀の持主であった。その瞳には勝者の自信と明るさがみなぎっていた。それらにさえ、俊吉は、麗英への恋のためなら、目をつぶることが出来た。しかし姪の恩人ではあるが、これまでの敵の自分に、憐憫と同情のまなざしをそそがれるのは、がまんがならなかった。

「あたしをのこして帰るより、いっしょに北京で死んで下さい」

麗英にとりすがられた夜の歓喜が、今でも俊吉をふいに包んでくることがある。あのきゃしゃなからだの、どこに秘められていたのかと思う激しさで、その夜の麗英は、俊吉を貪り苛んだ。

相沢夫人が、原俊吉と坂口美也子を結婚させようと、仲人役を買って出たのには、目的があった。坂口金之助の発明による特殊化粧品「ヨービ」がほしかったのだ。

原俊吉と夫の浩輔が同僚だというので、相沢夫人は、しきりにこの話を浩輔にもちかけて来た。俊吉の意向さえ、たたいてもらえば、美也子の方はじぶんに自信があるという。

「だめですよ。原には恋人がいるんですからね。明日にも北京から逢いにくるかもしれないんですよ」

「だつて、もうその人は、あきらめようとしてるんでございましよ? 女をあきらめるには、もう一人の女が必要にきまつてますわ」

相沢夫人は妙にからみついてあとへひかない。もう坂口金之助には了解を得ているというのだ。

「美也子さんだつてねえ、じぶんの許婚者と妹さんが、よろしくやつている所へ、しよんぼり帰るなんて、お気の毒じやございませんか。あたくし、こうみえても、もうこれで七組もまとめた経験がございますのよ」

浩輔もわたしも全然とりあわないのをみると、相沢夫人は明らかに気嫌を損じた。

それでも坂口金之助とは、その話にかこつけ、何かと話しこんでいる。相沢夫人のあの手この手のほのめかしにも、坂口金之助は、まるで反応を示さなかつた。美也子の縁談の話の時だけは熱心なきき手になるが、ヨービを一さじでいいから分けてくれという、相沢夫人の必死な願望には、全く冷淡であつた。

金之助が肌身離さず持つていて、日に何度か眺めいつているのは、上海にのこした情婦の写真とヨービの広告文のゲラ刷だった。

それによればヨービと名づけた白い粉末こそ——美の探究に金力と権力を尽した楊貴妃が使用した霊薬に、ヨーロッパ文明の生んだ化学薬品を加えた劃期的基礎化粧料である。楊貴妃のヨウとビーナスのビをとった命名だと金之助は得意なのだ。上海へ来た高名な詩人に万とつく礼をして命名してもらったというのが自慢だ。

「うちの美也子の皮膚はきれいでしょう？　あれはヨービの試験台になったおかげですよ。これはぜったい売れます。わたしは内地へ荷物だ金だと送らないのです。この原料と処方さえあれば、一生遊んで暮せますよ」

耳かきに一杯ぐらいのヨービを同班のよしみだと、わたしたち女はもらったことがあった。洗顔のあとクリームがわりにすりこむその白い粉は、ふわふわと軽やかなだけで一回くらいでは何の感じもない。

「ねえ何ともいえない、いいつけ心地でしょう？」

金之助はひとり相好をくずした。

きよとんとしたわたしや山田筆子にくらべ、相沢夫人は異様に目をかがやかせた。まったく何ともいえないつけ心地だと金之助のことばをくりかえし激賞するのだった。

「高価なものですから」

金之助はもったいぶって、それっきり、ヨービはちらともみせようとしなかった。

「ほんとにきくなら美也子さんのそばかすがとれるはずじゃないか」

山田筆子はそんな憎まれ口をかげでたたいた。

相沢夫人はそれ以来ヨービを狙いつづけている。金を出すといっても金之助が勿体ぶってよこさないので、とうとう美也子の縁談で恩がらめにしようと考えたらしい。

当の美也子は安藤圭子の自殺さわぎにひどいショックを受けたらしく、いよいよ無口になり沈みこんでいった。


溶したガラスのように、真紅に燃える大きな夕陽がふるえながら沈みかけていた。

貨物廠を背にして二列に長く並んだわたしたちの影が鮮かに地に落ちていた。

今朝、病室の赤ん坊が息をひきとったのだ。アツ子ちゃんとよびかければ、両手をふりあげるようにして無心に笑いかけていた小さな面影が、わたしたちの前にあらわれてくる。

みかん箱ほどの小さな棺をおおう白布が夕映えをうけて赤々と染まっている。三班のものだけが前後に従った野辺送りの列は、目路いっぱい白っぽくひらけた地平線を背景に、蟻の歩みのように小さくのろくみえるのだった。

うなだれて進んでいく小さな葬列がくっきり地に曳く黒い影は、まるで足枷にとりつけた鉄の鎖のようにみえる囚人の行列の錯覚であった。

夕陽が華やいでくるめき落ちていった。

その夜ふけ――うなされはしなかつたらしいのに、全身がぬるぬると冷たい汗にしめってい
た。

炎の色にたぎりたつ透明な液体、長い硝子棒でかきまわし、引あげると、花火の落ちぎわのように重く赤く垂れる火の珠、だれがふくらませるのか、その赤さがみるみる拡がり薄くのび、ふうせんのようにまるくなつていく。胸を圧しつけられる重苦しさ、水の中で息をするような……硝子棒を吹いているのはわたしの肺かもしれない……冷えた硝子のまるい真空の中にうごめくもの、えなをつけた胎児……したたる血……赤いもの、あれは夕陽にそまつた赤い小さい棺がひとつ……硝子のふうせんがうかび上り、飛びはじめる。小さな棺をとざしこんだまま、ふるえながら地平線に落ちていく夕陽……

またもくりかえされる夜……無限につづく闇への恐怖。劫初《ごうしょ》の混沌に立ちあがつた最初の人間の、不安と怖れが、闇の中では人の胸によみがえつてくるのだろうか。浩輔の脚が汗にしめつたわたしの脚をつつみにくる。北京での最後の朝以来、わたしたちはふれていない。おとろえていく肉体のめもりのように、わたしの肋膜には水がたまつていつた。浩輔の頭脳も疲れはてているはずであつた。ぬけ道のみつからない袋小路の思考の中で、わたしも浩輔もいちばんたいせつなものから目をそらしあおうとしていた。わたしたちの愛には前途がなかつた。内地には浩輔のほんとの妻がいた。病気で療養中の浩輔の妻が、戦災にあつていないとすればまだ

生きているはずだ。安藤圭子の失敗に終つた試みをわたしと浩輔も試みている。白麗英と原俊吉も、坂口美也子も、おそらくは桂木老人も、もしかしたら山田筆子でさえも、一度は試みてきたことであろう。内地に何の希望も期待もいだいているわけではないのに、わたしたちは、重苦しく、とらえがたい悪夢の間に、気味の悪いほど鮮明な内地の風物を夢にみることがあつた。そしてそれが、この捕虜同様な貨物廠暮しの中では、最高の恵まれた瑞祥なのだ。昨夜の闇の中でその幸に恵まれた者は、朝、誇らしそうにそれを語り、他の者は、心からそれを羨望する。

風のない元旦、ひつそりと静まつた街並の国旗の鮮さ、ふるさとの山かげに、陽をうけ、銀色にかがやく芒の上をわたる白い風の跫跡、小川の砂底に影をおとしながらはしるめだかの列、そんな夢をみたいと闇に目を凝らしつづけているうちに、そんな夢をみたと思つてしまう。たしかに見たと朝の光りで話すうちに、たしかに見たと信じてしまう。なれあいの話しかたと聞きかたの間で、夢はしだいに濃い色をもち、こまかく映され、光りにぬれ、つやめいてくるのだ。浩輔の脚がわたしの脚をつつむのも、現実のわたしの病んだ、汗にぬれる脚ではなく、浩輔が夢にふれたいと希う、何年か前の、弾力にみちたわたしの稚さと若さにあふれる脚であつた。

坂口金之助が、桂木老人の枕元で、ひどく真面目くさつて神妙な顔付をしていた。上海の情婦から、手紙がとどいたのだ。その手紙をふるえる手ににぎりしめると、金之助は寸づまりの顔をくしゃくしゃにして男泣きに泣きだした。

そんな父を、美也子は軽蔑した目つきで、冷たく、ちらつとみただけで戸外へ出てしまつた。美しいが無教養な父の情婦に、美也子は憎悪しかもつていない。内気だけれど、なかにかたい芯のある美也子に、理由のない反撥を感じて、その女はことごとに対抗した。美也子の婚約者を妹の玲子に近づけたのも、ふたりで美也子を裏ぎつた後、出来るだけ、そのことを隠しつづけ、最後に受ける美也子の打撃を、よりひどいものにして与えたのも、父の情婦であつた。玲子のからだの異和を、忠義めかしく美也子に囁いた瞬間の、女の勝ちほこつた目の色を、美也子は忘れることが出来なかつた。

桂木老人は、坂口金之助のため、老眼鏡の奥から、女の手紙を読んできかせていた。金之助の中国語は、日用会話もろくにしやべれないし、華文は全く読めなかつた。

「ええ、いとしきいとしき我君さままいる……なかなか熱烈じやな……ええ、あなたさま御発ち候てより、わたくしこと、一日とて涙にかきくれ候はぬ日とて之無く」

「すみませんが、現代語でやつてくれませんか。あれは、肉感的なモダーンな女なので……」

金之助が桂木老人の顔色を伺いながら、もじもじと提案した。

「味のない人じやな、おまえさんも、恋文は候文の方がゆかしいのを知らんとみえる」

桂木老人は、不気嫌な顔をしてみせたが、すぐ、金之助の要求をいれた。

「あなたを恋しいのにかわりはないけれど、かよわい女の身で、どうして一人で生きられますか。あなたは三年待てとおつしやつたが、あれつぽつちのお金は、一年ともちませぬ。わたしはやむをえず、胡に身をまかせましたゆえ、ふつつりこれできれて下さいませ」

金之助の赫ら顔に、みるみるどす黒い血がさかのぼつてきた。

「な、なんだつて！　あんまり、早すぎるじやないか！」

「わしにどなつてもしかたがないよ。要するに、ていのいい愛想づかしじやな」

桂木老人は興ざめた顔つきで、老眼鏡をはずすと、ゆつたり立ち上つた。散歩の時間がきたのである。

「か、桂木さん！　あんたの奥さん——あんたの奥さんだつて中国人でしよう……」

金之助は、何をいいたいのか、ことばにむせかえつた。

桂木老人と金之助は、その瞬間、同時に目をあげた。若い女の声、しかも軽やかな中国語を、ほとんど同時に耳にしたのだ。

桂木老人も金之助も、喉をつまらせて棒立ちになつた。老人には、妻に、金之助には裏ぎつた情婦にみえた。入口から薄桃色に光る支那服を着た女が、まつすぐこちらへ向つて歩いてくる。

「麗英！」

原俊吉が、かすれた声をあげ、金之助と老人の背後から、はだしでかけ出していつた。

若い二人は、アンペラの壁にはさまれた細い通路の中で、もう抱きあつていた。

麗英の方が先に気がつき、まつ赤になつて身を離した。じぶんたちをみている多くの目なざしを感じたのだ。麗英にささやかれ、夢からさめたような顔つきであたりをみまわした俊吉は麗英以上に血をのぼらせた。あわてて麗英をかくすようにしながら、戸外へかけだしていった。

坂口金之助がうめきのような声をあげた。

桂木老人は、無言で靴をはくと、俊吉たちの去った入口から、ゆっくり出ていった。老人の胸にも、はげしく波だつものがあった。

眉の上に掌をかざした桂木老人の視野の中に、はるか池の向うの森かげへ、だきあったまま駈けつづけ、遠ざかっていく俊吉と麗英の姿が入ってきた。今しがた目にやきついた麗英の若さに桂木老人は中国人の妻の、若い日をありありと描いていた。日本人の妻と子だと指さされぬように、女の盛りの妻を自分の弟子の宋にゆだねてきたことを、老人は後悔していなかった。妻に先だたれ、子のない律気な宋が、資産を持つ、桂木の美しい妻と二人の少女を敬いつづけ、愛し、かしづいてくれるだろうことを、老人は信じていた。もう一度天津へでも出て、逢ってみようかと心の奥でくわだてていた計劃を、今は、きつぱり思いあきらめようと思うのだ。麗英のみせてくれた若さと純情が、老人の心をやわらかくうるおしていた。

気がつくと、坂口美也子が、かたわらに、ことばもなくよりそつていた。老人は、かすかに首をふつただけでやめた。この淋しい顔立ちの女に、言葉をかけないことが、もつともふさわしいおもいやりであるような気がした。

俊吉と麗英の消えた森の方をみつめる美也子の目の色の深さに、老人は、美也子が俊吉を愛しはじめていることをさとつた。

「おじさまはたしか長崎でしたわね」

美也子がひくいがあたたかな声でつぶやいた。

「ああ、長崎だよ……広島と長崎が、ひどいことになつたそうだから……帰つてみないと、想像もつかぬが、今浦島だからなあ」

「何年くらいお帰りになりませんの？」

「三十年くらいになるかな……」

「もし……おうちのかたがいらつしやらないとか……何とか……あつたなら、あたくしを女中にでもやとつて下さいません？」

老人は、とつぜん明るくなつた美也子の声に、おどろいて顔をみかえつた。美也子はうつすら笑いをたたえたまま、深い目の色で老人をみつめかえした。

「……たぶん……あたくし、東京はいやになると思いますの」

桂木老人は、だまつてうなづいていた。夜、じぶんの足元で、すすり泣きを堪えているこの娘のみもだえを、何度感じたことであろう。貨物廠で送つた、一ケ月にちかい夜の記憶をたどつてみるのだつた。

せむしの倉吉が、跛をひきずりながら、かけこんできた。

「大変よ、出てごらんよ。赤の兵隊がやつて来るわよ」

倉吉の云つている意味がわからなくて、わたしたちは、ぼんやり倉吉のあわてきつた顔をみつめる。倉吉はもどかしそうに、からだをふるわせた。

「革命歌をうたつて、八路《パールー》から帰つて来たのよ。ほらあの歌…」

退屈しのぎには、どんなささやかなことでも、変つた事件でありさえすればよかつた。わたしたちは、倉吉のことばに、ひきだされ、ぞろぞろ戸外へ出てみた。力強い歌声が、森の方から聞え、小さな人影がしだいに近づいてくる。三人の男が、スクラムをくんで歌い乍《なが》らやつてくる。まるで舞台で演技しているように、憶面もなく、三人は首をあげ、大きな口をあけて、歌つていることに全身で陶酔しているような、陽気な雰囲気が、彼等のまわりにただよつていた。近づくにつれ、いつのまにかわたしたちは列をつくつて、ぼんやりその男たちを迎えていた。彼等の底ぬけの陽気さに、どぎもをぬかれた形で、ぽかんと口をあけていたようだ。聞きなれない歌が革命歌なのだろう。

三人の男は軍服を着ていた。わたしたちの列の前にくると、いつそう声をはりあげて足並をそろえ、わたしたちの方へ目で笑いかけた。たいそう人なつこく、あきれるほど、明るい笑顔であつた。みている方が照れるほどだ。

歌声がやむと、ぴたつとたちどまり、真中の男がどなつた。

「みなさん！　われわれも仲間にいれて下さい。われわれは八路地区から帰国を許され、ここまで来たのであります」

三人の兵隊は、ふしぎな空気を貨物廠の中にもちこんだ。彼等の底ぬけの明るさがどこから来るものか、わたしたちはとまどいながら、しだいに、たつた三人の男の空気に感染していつた。その三人が、内地の被爆地図を持つてきたのだ。わたしたちの真中に、大きな地図をひろげてみせ、まるで見てきたように確かな口調で云う。

「内地は、殆んど焼野原です。しかし、そこに新しい祖国日本が、生れつつあるのです」

「帝国主義は亡び、われわれ人民の新国家が建設されつつあるのです」

広島、長崎の被害図の広大さに、まず、わたしたちは叫び声をあげた。われがちにのぞきこむ地図の中から、じぶんの帰るべき故郷の町や村をさがしだした。嘆息や恐怖の声が次々に伝わつていつた。赤くぬりつぶされた被害地の大きさに、爆撃一つうけたことのないわたしたちは、底しれぬ恐怖と不安を覚えた。わたしと浩輔の帰るはずの田舎の町もまつ赤にぬりつぶされていた。

一ケ月もいて、だれ一人云いださなかつた演芸慰安会を提案したのも、三人の兵隊だつた。どうしてそのことに気がつかなかつたのだろうと各班とも準備に夢中になつた。

山田筆子が、美也子から着物と帯を借りることになつた。なにか踊るつもりなのかと思つたら支那の夜を独唱するのだという。

「何千人もハラに乗つけて、まだ声がつぶれないつもりでいるんだから豪傑だよ」

倶梨伽羅紋々の背にふきだす汗を、倉吉にふかせながら、大工の留太が感じいつた声で云つた。留太は森の石松を語るつもりだ。

「筆子ちやんの歌より、マリーちやんのダンスがたのしみよ。何しろ、ステージダンスをソロでおどれるのは、この部隊でマリーちやんひとりよ」

栗林まり子のラ・クンパルシータこそ観ものだと、倉吉は頼まれもしない宣伝をして歩く。当のまり子は、しぼりの長じゆばんを後前に着て、当日の舞台衣裳にしようと工夫していた。

「倉さん、ちよつと、ここ縫つてみて」

まり子によばれて、倉吉はいそいそとまり子の背にまわつた。衿を内側におりまげ、背中をV字型に開けようとまり子は苦心していた。倉吉はまり子の背にのび上り、後開のかつこうをつけた。柔らかな栗色の髪の尖が、くすぐるように、倉吉のひたいをなでた。倉吉は、身ぶるいのでる快感に歯を嚙んだ。まり子の服の仮縫のたび味つている——この日本人ばなれした波うつ栗色の長髪の秘密を知つているのは、じぶんひとりだと思うと、倉吉の胸にはうづくような想いがわく。

たつた一度、まり子が食中毒で七転八倒しているところへ、偶然、行きあわせたことがあつた。目の中から爪の中まで吹きでたひどい蕁麻疹に苦しめられ痒さに堪えきれないで、まり子はもがき、頭髪をかきむしつた。その時倉吉の目の前で、栗色の髪がすぽつと根元から一かたまりになつて落ちた。まり子の頭には毛髪がなかつた。パリ製の精巧なかつらが倉吉の足元にころがってきた。

演芸会の準備に、どの班でも色めきたっていたので二人の中国兵が、入口に現れたのを、誰も気にとめなかった。管理所の中国兵に案内されて、長身の精悍な顔付の少尉が、せまい通路に軍靴をきしませると、はじめて、あたりは静かになった。二人は固い表情のまま、ぐんぐん奥の班へ入っていく。

安藤圭子のいる六班の前で二人は止り、案内の兵は引あげていった。無気味な沈黙の中に少尉の支那語が早口につづいた。

安藤圭子が犯された陳少尉にちがいなかった。

圭子の母のすすり泣きがもれてきた。

圭子の声はない。陳少尉は、石のように身じろぎもしない圭子の前に、手をつかんばかりにして懇願しつづけた。圭子の心とからだを傷つけたことを、どんなにしてでもつぐのわせてくれとかきくどき、自分と結婚してくれることこそ、圭子の将来が幸福になるのだと、陳は訴えつづけながら、細く切れた目に、涙をうかべていた。

肥った安藤氏が流暢な支那語で陳をなだめるようにいった。

「陳さん、娘はやっと、帰国する気持になってくれたのです。お願いですから、このまま娘を帰して下さい。わたしたちは、もうあなたをうらんではいません。しかし、娘があなたと暮すことはとうてい不可能なのです」

この傷をみてやつて下さい。安藤氏は圭子の左手首を陳の前に示した。浅黒い陳の頬が蒼白になつた。

陳はいきなり、圭子の手首に頭をおとすと、赤い絹糸をひいたような新しい傷に、はげしい口づけをした。圭子のうすい皮膚に、紅いがちつた。圭子はやはり、身じろぎもせず、陳のするままになつていたが、ふつと手をひくと、泣いている母の顔をみた。

「あたし、帰ります」

「………」

「北京へ」

圭子の目は乾いていた。安藤夫人のかん高い泣き声があたりにふるえた。

「圭子、早まらないで、考えなさい」

安藤氏の声がかすれていた。

圭子はふたたび、石のように黙してしまつた。手だけが手早く動きはじめ、じぶん用のリュックサックをひき出し、陳の前においた。とつさに、圭子の日本語が理解出来ず、きよとんとしていた陳は、事の成行がのみこめると、わけのわからない奇声をあげ、圭子をだきしめた。

もうだれも圭子をとめることができなかつた。まつ赤に塗りつぶされた東京の被爆地図が、だれの目にもうつつてくる。東京に帰る圭子の将来と、北京へ引きかえす圭子の将来の、どれが圭子を幸福にするのか、圭子じしんにもわかるはずはないのだ。気の変らないうちにと、せきたてる陳の、てきぱきした動作で、みるみる圭子の荷物はよりわけられた。くみかわす、別れの酒も茶もないのが、安藤夫人をはげしく泣かせた。圭子は、かえって一刻も早くここを出たいふうに身じたくをいそいだ。着いた時と同じ白いブラウスに紺のスラックスをはこうとする圭子を、陳の声がさえぎった。

「圭子は私の妻だ。中国服があれば、それで北京へ帰ろう」

圭子は、ことばを出さず、リュックの底から、水色の長衫をひきだした。安藤夫人が、まるで死化粧をほどこしでもするように、とめどなく泣きながら、圭子の頬に紅をはき、ルージュをさしてやった。圭子は目を閉じて母の最後の感傷をうけとめていた。

荷物をもった陳の後から通路におりた圭子は、くせで、白いネッカチーフで顔をつつみかけたが、ふっと唇をゆるめると、ネッカチーフをひきちぎるようになげすてた。陳の後から、圭子はかたい目つき凝らしたまま、まっすぐ顔をあげて出ていった。はじめて見る圭子の美しさに圧倒され、どの班にも声はなかった。思いだしたように、どっと、圭子のあとをおい、わたしたちは貨物廠の外へかけだしていった。

トラックが一台、陳を待っていた。陳にたすけられてトラックに乗った圭子は、黒山になってみ送るわたしたちの方に、はじめて軽く頭をさげた。安藤夫人の泣き声にさそわれて、すすり泣きが、見送る女たちの中にしだいに高まっていた。

トラックは黄色い砂埃をまきあげながら、遠ざかった。

「圭子！　圭子！」

　かけだそうとする安藤夫人を、安藤氏が後からだきとめた。わたしたちは、無意識に片手をあげ、ちぎれるようにふりつづけていた。

　はげしくつきあげてくる望郷の想いは、内地へのものではなかつた。トラックのひいていく黄色い砂煙のはてに、わたしたちは、追われた北京をえがいていた。

　貨物廠の中央入口から、ぽつんと小さな人影があらわれた。カーキ色の管理所の中国兵であつた。無表情な顔付で、若い兵隊は、わたしたちが茫然と立つている方へ近づいてきた——塘沽港に、とつぜん、LSTが入港してきたことを知らせるために。

白い手袋の記憶

——エッセイふうに——

女のアクセサリーの一つとして、白い手袋が、たいそう流行つてきた。この正月、街を歩いている若い女のほとんどすべてが、申しあわせたように、目にしみる白さにかがやく白い手袋をはめていた。

——おしやれのポイント、白い手袋——こんな言葉が、たいていの婦人雑誌のどこかの頁に顔をのぞかせていた。著名なデザイナーや美容師、無名の埋草雑文家まで、そのおしやれ頁をうけもつた人たちは、一枚千円なにがしの、あるいは一枚二百円そこばくの原稿料と引きかえに——白い手袋こそ、あなたのおしやれのキイポイントである。これは和服の雑多な色彩を引きしめ、洋装のオーバーの重つくるしさにシックをそえる……ETC、と書きつけていた。

何世紀にもわたつて、白足袋を愛好してきた、この国の女たちの嗜好の伝統に、手袋製造業者が思いを致したかどうか。とにかく街中に白い手袋を氾濫させたものだ。

その洪水のあふりをくつてか、いつのまにか、わたしの小引だしにも、白い手袋が、三組たまつていた。流行にレジスタンスするほどの確固たる意見を持つわけではないけれど、わたしは、この白い手袋を一つとして、じぶんで買つたわけではない。どれもみな、ちよつとした労力や好意のお返しとして、人から贈られたものばかりであつた。ハンカチと同じで、いくつあつてもさしつかえないものとして、だれもがえらぶ調法さから集つてきたのだろう。

なるほど白い手袋は便利であつた。

和服にも洋服にも、黒いハンドバッグにも赤いハンドバッグにも、白いスカーフ、青いマフラー、訪問、デイト、そのいずれにも効用は数えあげることができないほどだ。

ハンドバッグに、白い手袋を一つしのばせておけば、出先きで、急に改つた訪問を思いついたときでも、うす汚れた色手袋を、洗いたての白い手袋にかえるだけで、白い衿をつけかえたような安心感がわき、心がきつぱりとして、人と逢うおつくうさと気おくれに、決断と自信をあたえてくれた。

わたしにとつて、白い手袋はまた、意識下で「式」につながつていた。

そこで、「手袋を投げる」という言葉を思いだす。これは決闘の申し込みを意味するのだそうだけれど、この場合の手袋も、わたしのイメージのなかでは、絶対に白でなければならない。ダンディなプーシュキンやレールモントフの投げた手袋は、脂じみた皮手袋ではなく、あくまで目にしみる白い手袋であつてほしいのだ。

儀式と白い手袋——今はおしやれのアクセサリーとして、すつかり日常化した白い手袋に指をとおす時、わたしはふつと、心の奥に、むずがゆいようなうずきが走るのを覚える……。

二十数年の昔——。

わたしは、四国の片すみの、小さな町の小学生であつた。

平屋建、セピア色の古ぼけた校舎の屋根いつぱいに、らんまんの桜の花が、南国の陽に映えている。ねむく、けだるい四国の春のかげろうのなかに、巡礼の鈴音がきこえ始めるころから、講堂では「式」がくりかえされるのだつた。

卒業式、入学式、進級式、地久節、天長節……それらの式は、わたしにとつて、白い手袋の記憶にはじまり、白い手袋の記憶でとじられた。

白い手袋をはめた十本の指が、講堂壇上の正面の檜の開き戸にかかつた瞬間、わたしたちは長い最敬礼を強いられる。上気した顔をあげてみると、あけはなされた開き戸の、紫の幕のかげから、くもつた鏡のように、にぶく光る御真影が見下している。

白い手袋の手が、桐の箱のふたをとり、にんじゆつの巻きもののようなものを、うやうやしくおしいただく。

ふたたび、こんどこそ無限に長いように思われる最敬礼の号令がかかる。意味もわからない、お経のような教育勅語がえんえんとつづく間、上体をおりまげ、床をみつめていなければならない退屈と苦痛は、小学一年生や二年生の小さいからだと幼い神経には、たえがたい、ごうもんであつた。

わたしの隣りにたつている、白痴にちかいまつちやんという女の子は、ギョメイギョジと、ふるえをおびた声が、荘重な余韻をひいて消えるのを待ちかね、おしつこをもらすくせがあつた。長い緊張が、ギョメイギョジで終りをつげる、その喜びと安心に、身体中の筋肉と内臓が、一時にゆるんでしまうらしかつた。

まつちやんは、二年の終りから、学校に来なくなつたけれど、わたしは、最敬礼の度、頭にじりじり血がのぼつてくると、まつちやんの尿の音を思いだしてならなかつた。

そんな一年生のある日、わたしたちのクラスは、校長先生の授業をうけていた。たんにんの女教師が急病で休み、教頭もるすなので、校長が、気まぐれに授業をみる気になったものらしい。

校長先生の授業だというので、たいそう固くなったわたしたちに向い、おなかがつきだしはじめた校長は、とりわけにこにこ顔をつくって、きいたのであった。

「みなさん、神さまって何ですか？　知ってるひと、手をあげてごらん」

いろんな答がとびだした。

「天神さまです」

「八幡さまです」

「イエスさまです」

「おてんとさまです」

「おむつつあんです」

おむつつあんとは、伝説の阿波狸のなかの、おむつと呼ばれる女狸のことであった。町のなかには、この女狸をまつった、おむつ大明神のほこらがあり、その前で油げ屋が一軒、結構生計をたてていた。

校長先生は、ひとつひとつの答に、ゆうようとした笑顔で、うなづいてみせた。

「ほかに？　まだありますか？　神さまってなんですか？」

わたしは、校長先生が黒板に大きな片かなで「カミ」と書くのを、じっとみていた。

はだかの手。ふとく大きな赤みをおびたいかつい手。白い手袋をぬいだ校長先生の手は、ちかぢかとみると、ひどくありふれた、つまらないものに見えた。

とつぜん、その手が、まつすぐわたしに向つてつきつけられた。

「はい、いつてごらん。神さまつてなんですか?」

ばね仕掛のようにとび上つたわたしは、

「テンノウヘイカです」

と反射的に答えていた。

いつたとたん、わたしはまつ赤になり、泣きだしそうになつた。

校長先生のはだかの手が、白い手袋を連想させ——その白い手袋が、紫の幕のかげに、にぶく光る御真影をよびおこしたのだ。

わたしのうちは、その町で二三軒しかない、神殿仏具商であつた。紫の幕は、町の芸者屋のおかみが、毎日のように店に買いにきている。遊客がとだえぬようにと、赤くぬつたおいなりさんをまつるために——。幼いわたしにとつて、神さまとは、うちで商われる商品の一種であつた。おいなりさん、おしようでんさん、こん光さん、大神宮さん。しかし、それらの「神さまの家」のなかで、一番大きく、わが家で最も大切にあつかわれるのは、なんといつても、郡部の小学校へおさめる御真影奉安殿であつた。

父が設計してつくつた、総檜、あかやねぶきの奉安殿の写真は、錦表紙のアルバムに張りつけられた。父の店の歴史であり、誇りであり、一枚看板でもあつた。

わたしの小学校ではすでにコンクリートの奉安殿になつていたけれど、父にいわせれば、コンクリートの神殿などは、もつてのほかの邪道だつた。

こうした家にそだつたわたしの、頭のなかには、神さまたちが、ざつぜんと雑居していても不思議はないであろう。神とは何か？　と、とつぜん問われ、わたしの頭のなかの神さまが、ひとつびとつとびだしていき、最後にいい残されたのが、テンノウヘイカであつたにすぎない。

わたしは、口にだしたとたん、おそれと心配でふるえあがつたのだ。えらい校長先生が、白い手袋をつけ、あんなにも、うやうやしく敬意を表し、わたしたちが、あんなにも苦しいおじぎを長々と強いられる、その尊いものを口にした怖ろしさであつた。

気がつくと、わたしのそばに、校長先生が立つていた。思いがけないことには、校長先生はいつそうにこにこした顔で、わたしの頭をなでていた。

白い手袋をはめない、ひどく大きな厚い掌のなかに、わたしのおかつぱは、ひとにぎりほどで入つてしまいそうなのだ。

「いいお答ができました。だれに教えてもらいましたか？」

わたしは、事の意外にぼうぜんとなり、罪人のようにちぢこまつた。

――あなたの白い手袋に……。

と正直に答えないほうがいいと、なにかがわたしにささやいていた。

七才のとき、不用意に口にしたじぶんの一言に、わたしは無意識にしばられていつた。

校長先生に頭をなでられたという光栄がわたしを生真面目な優等生にしたてあげた。県視学とか、他県のおえらい人たちが参観にくるたび、先生はわたしを立たし「教育勅語」を暗誦させた。二年生のわたしが意味もわからない教育勅語を、一字一句まちがえずに暗誦するのは、一つの見せ物であるらしかつた。

やがてわたしは女学生になつていた。

町に一つしかない県立高女の教育は、スパルタ式で、ここでも、一にも二にも教育勅語一点ばりであつた。

校門のすぐ横には、小学校のよりもつと堂々ときずかれた奉安殿があつた。

五年間、一度も映画館に足をいれず（校則であつた）、真冬も軍足をソックス代りにはき（戦場の兵士をしのび、あわせて物資愛護の目的）授業中に千人針をぬつた。

このころ満洲事変は拡大するばかり、朝礼の行進曲には『愛国行進曲』が使われていた。そしてこの時、また町に一つの神さまがふえた。それは城山にうちたてられた、英霊をまつる護国神社であつた。わたしたちは授業をやすみ砂利運びの奉仕作業をした。

神殿の落成式――ここでも、うやうやしく玉串奉典をするモーニングの校長の手に、目にしみる白い手袋が輝いていた。

卒業まえ、わたしは、学年主任によばれ不思議な訊問をうけた。

「きみは、アカの本をみているのではないか?」

きよとんとしているわたしに、老英語教師がたたみかけた。

「アカの本など読むのは、破滅のもとだよ。東京の学校へいくそうだが、それより、早く嫁にいくのが、女の幸せだよ」

「アカの本つて、どういうものですか?」

「いや、みないならいいのだ。そんなものは知らんほうがいい。不忠な、人間の屑になるだけだ」

禪問答のような会話がうちきられた後、わたしはかえつて、アカに奇妙な好奇心をそそられていつた。

その頃、町の素封家の美しい娘が一人、東京の学校へいき、アカになつて帰つてきた。娘は気がへんになり、座敷牢に入れられたという噂がたつていた。「アカ」とはわたしにとつて、なぞめいた伝説にすぎなかつた。

二百人の卒業生のうちで、上級学校へ進学を志望するものは、十人にたりなかつた。

わたしは生れてはじめて四国の片田舎から東京へ出てきた。

二千六百年の祝典で、ごつたかえしている東京であつた。

わたしが、女学校の廊下に張りだされたポスターのなかから、何んとなくえらんだ学校が、安井てつ学長の東京女子大だつた。このことが、わたしの精神形成に一時期をつくつたのを、その後十年もたたないでは気づかなかつた。

校内のわきには、はじめて、御真影奉安殿がなく、かわりに、色ガラスのきらめくスマートなチャペルがたつていた。

安井先生が、朗々とした音声で、「在天の御父」にむかい、「愛する天皇陛下の幸せ」を禱る言葉をきいた時、わたしは、おなかの底から驚愕してしまつた。驚きを口にするのは、じぶんの田舎者をさらけだすようで、はばかられた。

学校の雰囲気は、西洋菓子のようにハイカラで甘つたるかつた。スパルタ教育でたたきあげられたわたしの、がさつな神経には歯ごたえがなく、こくがなかつた。チャペルでの礼拝は、ロマンチックな少女趣味をみたしてはくれたけれど、週に一時間の聖書の講義から、わたしは何も得るところがなかつた。天皇を神と信じる稚さは失つていたとしても、キリスト教の神もまた、わたしには無縁であつた。

ここでも「アカ」が、一昔まえの伝説として語られていた。安井先生の見事な銀髪は、不心得なわれらの先輩が、アカで検挙された時、一夜のうちに変つてしまつたのだという形で——いまは、学校のどこをさがしても、アカのなごりなどは影もとどめていなかつた。

寮生活は自治制だけれど、委員の選挙は寮監のけんえつがあり、クラスの委員や役員は天下りであつた。この寮で、学期末試験の最中、真珠湾攻撃の報をきいた。寮の廊下を、興奮した歓声をあげ、走つていく寮生もいた。

大東亜戦争に突入したため、くり上げ卒業になつたことを、わたしは心から喜んだ。

学業に熱心でなくなつたわたしには、四年間の女子大生活が、まつたく退屈でたまらなかつたのだ。

わたしは一日も早く結婚したくなつた。

わたしはクラスの誰よりも早く嫁いでいたのだつた。

女子大に入つて以来、忘れていた白い手袋が――白むくのうちかけで立つた花嫁のわたしの横にたつたモーニングの花婿の手に、かるく握られていた――なにかの象徴のように。

わたしは夫にしたがい嬉々として北京にわたつていつた。

白い手袋の幻影が、もう一度鮮やかな影像となり、わたしにせまつてきたのは、終戦の日であつた。

夫は現地で召集され、わたしは乳呑児と残された。内地からの送金は不可能になつていた。夫はたまたま応召直前、勤め先の大学を変つたばかりなので、まだ内地からの新しい就任許可がとどかず俸給は支払つてもらえなかつた。のこされたわたしと赤ん坊は、その時から無収入となつたのだ。

一ケ月の間、炎天の北京の街をかけずりまわり、必死になつてわたしは職を求めようとした。やつと、運送屋の事務員の口にありつくことができた。こどもを人にあづけ、生れてはじめて、勤めにでた日が、まさか終戦になろうとは。

その日の昼食前、院子をへだてた主人の住居の方へ、わたしたち五人の使用人が呼び集められた。応接間の巨大な電蓄の前で、主人がつげた。何かわからないが、正午に重大ニュースが発表される。しかも天皇陛下のお声らしいというのだ。主人は少し照れながらわたしたちに「最敬礼」の号令をかけた。

ラジオからは、ザーザーと、波の音のようなものがつたわり、玉音はききとり難い。鼻にかかり歯切れのわるい声が、ときどき、とぎれとぎれて、波の音のような雑音のなかを近づいたり、遠ざかつたりした。

頭を垂れているわたしの目の前に、突然、白い手袋をはめた十本の指の幻影が、ありありと映つてきた。遠ざかつたり、近づいたりする、風のような玉音は、海のむこうの内地の東京で、今白い手袋の十本の指にささえられた、一枚の、詔勅という名の紙のかげから聞えているはずであつた。

はじめから終りまで意味のとれなかつた玉音の後につづき、現地司令官の放送が送られてきた。

「負けた！」

運送屋の主人がうめき、ラジオにしがみついて頭をかかえこんだ。

いつ、どうやつてそこをとびだしてきたのか、わたしは全然覚えがなかつた。

気がつくと、支那服の裾がさけんばかりに、じぶんの家へむかつて、宜武門大街を一目さんに走つていた。

突如、北京にはめずらしい夕立雲がわきおこり、大粒の雨が音をたてて、降りしきつてきた。かたわらの商店の軒下に、雨をよけ、はじめてわたしはじぶんをとりもどした。広い大通りは沛然《はいぜん》と雨にけぶり、大陸の八月の真昼すぎとも思えぬ暗さにかげつた。いつのまにか、通りには人つ子一人いなくなつていた。しんかんとした広大な静寂……、凄じい孤独感と恐怖が、ふいにわたしをつつんできた。

このときわたしは、じぶんのからだの中で、無数の爆竹が一どきに火をふいたような熱さと、痛みと、轟きを感じた。頭の上を雷鳴がゆつくり走り、やがて宣武門のかなたに、遠雷の音が、鈍く、遠く、消えていつた。

二十二年、生きてきたわたしじしんが、こつぱみじんに砕け散り、霧散して後かたもなくなつた気がした。

すだれをまきあげるようにあがつていつた雨のあとへ、ようやく歩きだしたわたしは、もはやさつき、その軒に雨をさけ、駈けこんだわたしではなかつた。わたしの影だけが歩いていた。

なぜ、わたしは長々とこれほど執拗に、白い手袋の記憶について、語らねばならなかつたのだろうか。一人の平凡な、素直な、むしろ愚かな魂が二十年かかつてつくりあげていつた精神形成の過程を、ふりかえつてみることが、これからわたしの云おうとする問題の、足場になると信じたからである。

二十余年を生き、結婚し母となりながら、わたしの精神は恥しらずなほど、無知そのものであつた。

わたしは何も知らなかつた。

わたしの生れた一九二二年（大正十一）には、日本共産党が創立されている、その翌年には大震災があつた。

一九二一年（大正十）、現天皇が摂政の地位についたのだからわたしは事実上、昭和の子だつた。「日本資本主義の行き詰りと、それに伴う社会混乱」がはじまつた時機に、わたしは、人間の一生の性格が決定されるという幼児の時機をすごしていた。

一九二八年の、三・一五事件は、わたしの物心つきはじめる、満五才の時のできごとだ。「ニューヨークのウォール街からおこり、未曾有の世界的大恐慌が爆発した」のは、わたしの小学校入学の前年（一九二九）であつた。

そして柳条湖事件は、小学二年生の時（一九三一——昭六）にはじまつた。

らんまんの桜の花にかこまれて、校長先生とカミさま問答をした翌年、いわゆる満洲事変がおこり、国民は大戦争に投げこまれていつた。

非常時ということばは、小学校時代の合言葉であつた。上海事変、満洲国独立、国聯脱退と一筋に不幸の奈落へひきずりこんでいくこれらの事件は、すべて国力伸張、御稜威《みいつ》の輝きの慶事として、教えこまれていた、わたしたちは事件の意味する真の運命をしらず、無邪気に旗をふりちょうちんをかかげた。

女学校の二年に二・二六事件が、三年の時、盧溝橋事件がおこった。すでに手あかのついた「非常時」にとってかわり、「国民精神総動員」というスローガンがひるがえった。

毎月の一日は興亜奉公日、週に一日は菜なし弁当が強制された。

女子大に入った一二年までは、緒戦の勝利が次々に威勢よく報道されていた。

卒業の年（一九四三）はじめて、敵機が東京の空を飛ぶのをみた。また玉砕という美しいことばで、ようやく戦局の不利が伝えられていった。

今、こうして、改めてじぶんの育った歴史的背景を回想してみる時、わたしがいかに戦争に対して意識もなく、国家の興亡にも世界の歩みにも、無関心であったかに、あきれずにはいられない。

わたしにとって「非常時」は、物心つくと同時、学校生活はじまって以来の、空気そのものであった。戦争は、わたしの成長過程にとって、太陽と同じく、一日も顔をみせない日はなかった。わたしの受けてきた教育は、軍国主義でぬりつぶされていた。

わたしたちは、真実から目を掩われ、めくら教育をうけた。物を考える訓練はいっさいさずけられない、白痴教育をほどこされた。

学んで思わざれば、罔なり——ということばがあるけれども、わたしたちの受けた教育では、人は罔以下にとどまるであろう。この方針に少しでも疑問を持った教員は「赤」のレッテルをはられ、検挙追放されていつた。わたしの小学三年（一九三二）までには、それが徹底的に行われた。

わたしは、前に、生真面目な優等生になつたといつている。こうした教育制度のなかで、教員に愛され、いい成績をとるということは、教育勅語をまるのみにし修身と国史と国語の教材を通じて貫かれている忠君愛国、義理人情思想を、鵜のみにすることであつた。もちろん、教えられる以外のことは考えてもみる必要はない。

小さなプールの汚れた溜め水に生れたげんごろうが、プールをいつぱい、所せましと楽しそうにかけめぐつているおろかしさは、そつくり当時のわたしのすがたでもあつた。

いい点さえとつておけば、学校は無上に楽しく、生活は何の不安も伴わず、快適至極なのだ。わたしの受けた歴史教育の常識からいえば、戦争は聖戦《みいくさ》であるがために、絶対に、未来に勝利が約束されていた。

わたしは楽天的な暢気な気持で、「非常時とよばれる平常時」の中で、子供が味うかぎりの快楽を享受した。わたしが少女の味うかぎりのセンチメンタルとロマンチシズムの夢をみて育つたとしても、わたしの恥しらずな無知を、賞められるべきであろうか。

学年主任がアカについて意外な訊問をした時、なぜわたしはアカという、未知で深秘な「何か」に、もつと積極的疑問をもち、くみついていこうとしなかつたのであろう。そんなことは、その頃のわたしにとつて思いつくこともできない。なぜなら、教えられること以外に興味を示せば、たちまちそれが危険思想だと、学年主任は顔色を変えたであろうから。

わたしの家庭環境は、およそインテリジェンスとは縁どおい庶民階級であつた。資本家とはいえないまでも、一時期の父の元には、十一人の弟子が給料も支払われず、わずかな小遣銭だけで徴兵まで、何の不平も訴えずに年季奉公をつとめていた。封建的義理人情で結ばれた父と弟子たちの間であつた。

わたしはじぶんの過去の無知を、今更こと新らしく弁解しようというつもりではない。ただ無色透明でやわらかな魂にふきこまれた教育という美名をかぶつた精神的暴力の恐しさを、ふりかえつてみたかつたのだ。

そうしたわたしにとつて、結婚と出産は、どんな意味をもつていたか。当時、早婚は国策の線に添い、出産は、戦場にゆけない女たちにとつて、唯一の積極的戦争協力であつた。しかし、在学中に結婚をいそぎ、見合にのぞんだわたしは、そこまではじぶんの結婚を意識していなかつた。ただ、わたしは、オールド・ミスになることがいやだつたのだ。安井てつという、稀有に偉大なオールド・ミスの、人格と業績にふれながら、なおかつ、わたしはオールド・ミスになりたくなかつた。からだが、女としての特徴をみせはじめるにつれ、女というものは非本質的なものであり、男との相対性においてのみ地位と尊厳があたえられているという事実を、おぼろげながらさとつていつた。

わたしの周囲では「売れのこり」という屈辱的なことばが、公然と、婚期のおくれた処女たちになげつけられていた。オールド・ミスたちは、申しあわせたように卑屈にいじけ、意地悪さをむきだしにしていた。わたしの育った小さな町では、女学校さえでれば、女は買手のつくのを待つばかりであつて、お針も、お茶も、お華も、遊芸も、売物につけるフロクにすぎなかつた。

進学を望む卒業生にむかつて教師はこういつた。

「女が学問なんかして、身に業をつけると、結局、それを使わねばならぬような、不倖せな運命になるものだ。おとなしく嫁にいつた方がいい」

彼は、女が独立して働くことは、女の不幸だと心から信じていた。わずか三年か四年、上級学校にいき、ウインドに飾られて買手のつく時をおくらせることが、すでに勇気のいることなのであつた。

ヴァージニア・ウルフは『私だけの部屋』というエッセイの中で、十八世紀以前の女性について、「二十一才にもならないうちに、子供をもつた女が何人あつたか――」ということばを使つているけれども、わたしの娘のころ、わたしの周囲では二十才にみたず母になつた女はさほどめずらしいことではなかつた。

恋愛は封建時代の不義ということばの意味さながらにみられ、扱われた。わたしの女学校のあるクラスメートは、中学生と知りあい、手紙をやりとりし、墓地でランデブーしたというだけの理由で、刑事にふみこまれ、日記を没収され、一ケ月の停学処分にあつた。

それでいて、時局は、若い男を片はしから戦場にはこび去り、買手を失つた女ばかりの数が年々にふえていく。

そんな時持ちこまれたかつこうな縁談に、わたしは無関心をよそおうことができなかつた。婚約が整つた時、嫁ぐ先が北京であるというので、大東亜の文化工作に一役買うくらいのいきごみで、うきうきしていた。

今、こう書きながら、わたしはあまりのばかばかしさに失笑を禁じ得ない。しかもあらゆる過程に於て、わたしはわたしなりに大真面目であり、真剣であり、誠実であつたのだ。

北京での敗戦――二十年の歳月をかけて、つくりあげられた一個の精神が、粉々にうちくだかれ、飛びちり、一瞬のまに霧散してしまつた――わたしの魂の泥まみれの彷徨がはじまつたのだ。

わたしの魂は、皮をひきむかれ、傷だらけの神経が、むきだしになつて、全身に血をながしつづけていた。

とび散つた精神のかけらを、ひろいあわせ、つぎかため、どうにかまがりなりにも、形態をととのえるのに十年の歳月が、びつしり必要だつた。

一たび、目のうろこをはがされたわたしは、もう決して、じぶんの目でみつめ、じぶんの手でふれ、じぶんの魂が感得したものでないかぎり、何物をも信じまいと決心した。

終戦、引揚、離婚――三年ぶりで帰つた内地にふきまくつているデモクラシーの嵐から、「自我の確立」ということばを聞きとつた時の、ショックはたとえようもなかつた。この時になつてはじめて、何年か前女子大で「個の尊厳による自由」をあたえられた意味のもつものを、さとることができた。

わたしは、過去のあらゆるものからきりはなされ、じぶんの魂の底にねむりほうけていた自我を、たたき起してみたかつた。

はじめて自意識にめざめたわたしは、まだ二十三才のこわさをしらぬ情熱に身をまかせ、戦後の混乱の中に単身とびこんでいつた。

「女の劇《ドラマ》はたえず、本質的なものとして自己を生かそうとするあらゆる主体の基本的な欲求と、彼女を非本質的なものに形づけようとする状況の要請とのあいだの葛藤なのだ」とボーヴォワールはのべている。

これまで経済的独立の訓練を何一つほどこされていないひとりの女が、自己を本質的なものとして生かそうとする時、それをはばむ現実との葛藤が、いかに悲惨な様相で彼女を襲うかということに、わたしはあまりにも不用意であつた。

過去十年ちかい間の、生活との闘いの惨めさを、わたしはもう思いかえすのもいやだ。

ウルフはここでもわたしを代弁してくれる。

「私は、おがむようにして新聞社から片手間仕事をもらつたり、そここの驢馬《ろば》の見世物や結婚式の探訪記事を書いたりして、生計を立てていた。封筒の上書きを書いたり、老婦人たちに本を読んで聞かせたり、造花を作つたり、幼稚園で小さな子供にイロハを教えたりなどしてわずかのお金にありつこうとした。一九一八年までの女性が得られる仕事といつては、精々こんなものだつた。こうした仕事がどんなに辛いものか、詳しいことは申しあげまい。また、こうしてとつたお金でやつてゆくことが、どんなにむづかしいかも申しあげまい。しかし、そのいずれの辛さよりもひどい苦しみとして、いまでもなお私について離れないのは、かつての生活が私の胸に醸した毒素のような不安と苦痛である。

まず第一に、いつもする仕事といえば、一向に気の進まないものであり、しかもまるで奴隷のように、相手の機嫌をとつたり、お世辞を言つたりしなければならないのであつた。もちろん、たえずそうしなければならないというわけではなかつたが、私には、ぜひそうしなければならないようにおもわれた。何分にも、利害関係に縛られているので、思いきつたことができなかつたのだ。その上、それを隠すことは死も同然である唯一の天の賜物——ささやかなものではあろうが、持つている当人にとつては非常に大切な賜物が次第に弱つてゆき、それと共に自己、自分の魂までも失わなければならなくなることを意識していた。すべてこういう事実は、あたかも害虫が春の花を喰い荒らし、樹木の芯を腐らせてゆくように、私を蝕むのであつた」

とにもかくにも、愚直な一途さでペン一本を杖に、女ひとりの生活がうちたてられた。

このごろになつて、「三十代の女の作家のあらわれないことが、時おり思いだしたように、ジャーナリズムの片すみでつぶやかれている。

彼等はいう。四十代、五十代の女流作家には筋金がとおつていると。そしてまた、ここ一二年の間に、何と続々と、二十代の女流作家が目ざましい進出をみせたことであろう。うちくだかねばならぬ過去をもたぬ二十代の人たちは、自負と自恃にきらめく冠を、堂々と、かぶることができるのだ。

それらにひきくらべ、三十代の女の作家というものは、過去十年の間に、ついに一人もあらわれなかつた。

わたしたちと同時代の男性はといえば、戦争に命をさらし、そして生きのこつた人たちだ。命を賭してみきわめた真実に、彼等は自信をもつて自分をゆだねればよかつた。けれども、女にとつて戦争の傷痕は、外側にあらわれたものだけではなく、原爆被害症のように、魂の内奥で長い年月をかけ、じくじく傷口をひろげ、腐つていたのだ。

わたしたち三十代の女たちは、あまりにも不器用に、うろうろとじぶんの魂のかけらを求めて地を這いずつていたのではないだろうか。

女が小説を書くためには「年五百ポンドの金と、かぎのかかる部屋が必要だ」ということばが、一種の寓意として用いられたとしても、それは、現在の日本の女の作家たちの地位と運命を、そのまま諷刺しているとみてよいのではなかろうか。

現実の日本に於けるわたしたち三十代の女の独立の貧困さは、今もつてアテネの奴隷の息子たちにひとしいのだ。いつまで手をこまぬいて待つたとて、文学上の傑作を生みだす源たるべき「智的自由」などは、ほしいままにすることは考えられないのである。

それでもなお、わたしたち三十代のある種の女たちは、ジャーナリズムの陽かげ（永久に陽がささぬかもしれぬ）の湿地に、執拗に根をおろし、文学にしがみついてあえいできた。

彼女たちのほとんどが独身生活をしている理由は、夫に戦死されたか、離婚したか、あるいは時代のつくった結婚難のぎせいになり心ならずもオールド・ミスの運命を強いられたためであつた。誰しも、さわれば、うめき声のあがる痛い傷口をだきしめている。ごくまれに、結婚生活をつづけながら、なお自我の振幅の度をはかりたい欲求にかられ、小説を書こうとしている三十女の困難さは、ヨーロッパ十八世紀の婦人たちのそれよりも、もつと絶望的に不利な環境をおかれている。

さらにまれに、智的自由をほしいままにし得る恒産と平和な家庭と家族に恵まれた三十代の女が小説を書いたとしても、それはクロースワード・パズル的おもしろさだけのものに、とどまるのではないだろうか。

わたしがここに、わたしたちと呼ぶのは、現実の生活を、器用にこぎれいにおさめることのできなかつた、不器用で一途な三十代の女たちだけをさしている。

彼女たちのほとんどは、自我に目ざめ、じぶんの運命をみきわめる手段として、文学をえらびながら、現実の生活に疲れ果て、すりへらされて、絶望的なため息と共に一日を終る日々をくりかえしてきた。今もくりかえしている。

そして、わたしたちの魂の傷痕に、まだかさぶたがはられていないのに、現実の社会の一部は、ふたたび逆コースを歩んでいる。わたしたちの世代の女たちが、堪え得るかぎりの苦渋に堪え、ようやくふみかためてきたかぼそい一すじの道を、何者かが無慙にとりこわそうとしつつあるのだ。過去の戦争と、それに附随しておこつた問題を、社会はもう語るのも飽き飽きしてきた。それでなくても、前と後の世代の女たちの活潑な活動と発言のかげにかくされ、存在の薄すかつた三十代の女は、もはや、完全に忘れさられようとしている。

戦後十年を経た今、それはもうだれのせいに帰する責任でもないのだ。たといわたしたちの世代の女の歩いてきた十年が、いかに困難と障害にみちた暗黒の季節であつたとしても——。

わたしはもう、これ以上待つことはできない。たとい、わたしのふまえた地面の地ならしが不充分であり、基礎工事が不完全であろうとも、乏しい資材を駆使して、わたしはわたしの力をふりしぼり、じぶんの文学をうちたてたいと思うのだ。力いつぱい、白い手袋の幻影をなげうち、じぶんの靴でふみにじつたその土の上に。

（お断り）

本書は1957年に朋文社より発刊された単行本を底本としております。
あきらかに間違いと思われるものについては訂正いたしましたが、基本的には底本にしたがっております。また、一部の固有名詞や難読漢字には編集部で振り仮名を振っています。

本文中には支那、女教授、三十ミス、女丈夫、阿媽、商売女、洋車夫、妾、売女、娼婦、小娘、色きちがい、老嬢、売れのこり、女史、未亡人、オールド・ミス、混血児、閨秀作家、情人、気狂い、めくら、給仕、女中、盲人、女傑、女強力、無産者、慰安婦、跛、背むし、びっこ、不能、情婦、唖、白痴、芸者屋、アカ、使用人などの言葉や人種・身分・職業・身体等に関する表現で、現在からみれば、不当、不適切と思われる箇所がありますが、著者に差別的意図のないこと、時代背景と作品価値とを鑑み、著者が故人でもあるため、原文のままにしております。

差別や侮蔑の助長、温存を意図するものでないことをご理解ください。

瀬戸内 晴美（せとうち はるみ）
1922（大正11）年５月15日－2021（令和３）年11月９日、享年99。徳島県出身。1973年11月14日平泉中尊寺で得度。法名寂聴。1992年『花に問え』で第28回谷崎潤一郎賞受賞。2006年、文化勲章を受章。代表作に『夏の終り』『白道』『かの子撩乱』など。

P+D BOOKS とは

P+D BOOKS（ピー プラス ディー ブックス）とは
P+Dとはペーパーバックとデジタルの略称です。
後世に受け継がれるべき名作でありながら、現在入手困難となっている作品を、
B6判ペーパーバック書籍と電子書籍を、同時かつ同価格で発売･発信する、
小学館のまったく新しいスタイルのブックレーベルです。

白い手袋の記憶

2023年1月17日　初版第1刷発行

著者　瀬戸内晴美
発行人　飯田昌宏
発行所　株式会社　小学館
〒101-8001
東京都千代田区一ツ橋2-3-1
電話　編集　03-3230-9355
販売　03-5281-3555
印刷所　大日本印刷株式会社
製本所　大日本印刷株式会社
装丁　おおうちおさむ　山田彩純
（ナノナノグラフィックス）

ISBN978-4-09-352456-8

P+D BOOKS